文春文庫

薔薇色に染まる頃

紅雲町珈琲屋こよみ

吉永南央

文藝春秋

目次

『薔薇色に染まる頃』主な登場人物

杉浦草（そう） 北関東の紅雲町でコーヒー豆と和食器の店「小蔵屋」（こくらや）を営む。

森野久実（くみ） 「小蔵屋」従業員。若さと元気で草を助けてくれる。

一ノ瀬公介（こうすけ） 久実の恋人。県内の有力企業・一ノ瀬食品工業の三男。

辺見瑛慈（へんみえいじ） 紅雲町のある市内で探偵社を営む。元警察官。

金源和海（かねもとかずみ） アンティークショップ「海図」（かいず）の経営者。

室橋勇仁（むろはしゆうじん） バーの店長。草の長年の知り合い。

石井淳（じゅん） 草が新幹線で出会った少年。

＊本シリーズは、まだスマートフォンが一般的ではなかった頃の物語です。

薔薇色に染まる頃

単行本　二〇二二年十月　文藝春秋刊

第一章　長い約束

1

日射しだけを見れば、もう春といってもよい。

杉浦草は小蔵屋の奥のカウンターから、店の表側に並ぶ木枠のガラス戸の方へ目をやり、外のまぶしさに目を細める。

二月の第三週。まだ表はかなり寒いものの、暦の上ではとうに立春を過ぎている。

春を感じるのは、小蔵屋の老店主だけではないらしい。

自宅用のコーヒー豆や贈答用の和食器を買い求め、カウンターや楕円のテーブルで試飲のコーヒーを味わう主婦のグループや高齢女性の服装も、淡い紫や若草色、花柄と明るいものが多い。楕円のテーブルの中央を飾る、白く着色したドライフラワーの三叉楮とそれにあわせた黄色やピンク、オレンジ色のラナンキュラスも光を集めて輝くようだ。

高い天井に古材の太い梁、白い漆喰壁と三和土。

変わらぬ店の一角を彩る春の景色に、草はまた目を細める。

「お草さん、あれもいいわね」

外巻きにしたグレーの髪の高齢客が、カウンター席からは右後ろになる会計カウンターの方を視線で示す。

　そこでは、従業員の森野久実（もりのくみ）が、白磁の器に割れなどがないかを包装前に確認していた。久実の若く張りのある頬にも似た、ぽってりとしたスープカップは象の鼻のように湾曲して垂れた取っ手があり、両手で包むようにして持つととても収まりがよい。

　草は染付（そめつけ）の古い蕎麦猪口（そばちょこ）で、試飲のコーヒーを出した。

「あれ、一応スープカップなんですけどね、コーヒーでも、炊き合わせでもぴったり」

　友人のためにその器を購入した客が、楕円のテーブルの向こうから満足そうな顔を草に向ける。その友人は、亡夫や巣立った子供たちのものから台所用品にいたるまで一遍に潔く処分しすぎ、少々暮らしが侘しくなったとこぼしたのだそうだ。

　カウンター席の高齢客が、身体の向きを直して草に微笑（ほほえ）む。

「欲張りで曖昧なところがいいわ。うちにも」

「お祝いごとですか」

　客が外巻きのグレーの髪を揺らしてうなずく。

「四月に結婚式。内輪だけで」

「おめでとうございます。息子さんが？」

　客がカウンターに腕をつき、草に向かって顔を寄せてきた。

「私よ」

小声の返答に、草は面食らって縞の紬の胸元に手を当てた。客はその反応には慣れているといった調子でくすっとする。

「五十年も夫婦と思われてきて、初めて入籍。知っている人は少ないわ」

えっ、と草は思わず言って口に手を当てた。こちらを久実が見ていた。声が大きすぎたかと、カウンターの壁際にいる同年配の二人連れを見たが、彼女たちは自分たちの話に夢中の様子だった。

もっとも、意外なことを言った本人がもう声をひそめていなかった。

カウンターの彼女は「牛亭さん」と呼ばれ、市内でよく知られた焼肉店を営む。幼馴染みとの結婚を若い時に猛反対されたが、その後、子を二人もうけている。草だけでなく、世間はとっくの昔に入籍したものと思っていた。

「そりゃ、五十年も経つんだもの。反対した親きょうだいから、何回も結婚をお許しいただきましたよ。でもね——」

牛亭さんによれば、彼女は首を縦に振らなかった。彼らのかつての無理解が何をもたらすかを見せつけるために。

今度は、壁際の二人客も黙って聞いていた。

牛亭さんが試飲のコーヒーを啜り、肩をすくめる。

「焼肉屋とお寺でしょ。反対するのもわからないではないけど」

仏教と殺生。確かに相容れない。昔から葬儀の際は四つ足生臭ものを避けるとよくいわれ、今でも気にする人は多い。

だが、彼らの長い交際の間に、庶民的な焼肉屋は支店として全個室の高級鉄板焼専門店を構えるまでとなり、彼が継いだ寺は役所勤めだった経験を活かし、児童や高齢者の居場所、また具体的な解決も得られる相談先となって信頼されている。親族が目にしたものは、愛する者の私生活における苦労と、仕事上の実りということか。

「二人とも仕事用の通り名があって、子供は私の姓でしょう。だから、入籍して彼が姓を変えたのかと思われて」

「ごめんなさい。私もてっきり」

「ううん、うちのほうは好都合だったの。学校やなんかは別にして、大方それで済んで説明いらずだったから。彼だけがお寺で寝起きするのも、職業柄だと納得されたりしてね。面白いわ」

駅前通り近くにその寺はあり、道二本隔てて牛亭はある。昔その界隈で肩を寄せて歩く若い彼らを、草も時折見かけた。自分も若かったから、時にうらやましく、時に勇気づけられたものだ。

二つの家業と、近年それぞれを継いだ次の世代。その双方を思い、草は言葉を添えた。

「どちらも立派になられて」

「意地ね。長男がお腹にいた時、みっともないから籍を入れろと家族があまりにうるさいから、彼と五十年続いたら結婚式をするわって啖呵(たんか)を切ったの。だから、意地」

「じゃ、今となっては感謝？」

「親きょうだいに？　まさか」

牛亭さんが眉をつり上げる。そうしつつも、春には身内を集め、昔々に切った啖呵どおりに結婚式を挙げる彼女の表情は自信に満ちていた。

草はその後商品をあれこれ見てもらった末に、結婚式の引出物として萬古焼の注文を受けた。蓋付きの木の葉形で、電子レンジを使って一人か二人分の焼き魚や蒸し野菜を短時間に作り、そのまま食卓に出せる優れもの。金属的な深い輝きの紫泥の素地に緑の釉薬がかかり、和食器ならではの趣と品の良さがある。決め手は自分で使ってみたいから、と牛亭さんは言った。彼女の選んだそれは新しいようで、実はだいぶ前からある定番品なのだった。

バレンタインデー後の器のテーマは『素敵なよくばり』。

適度なサイズでいろいろに使え、電子レンジやオーブン、直火等にも一部対応できる現代の暮らしにあったものを集めてみた。独立する若者や春の引っ越しシーズンに向けての企画だが、予想外に高齢者に受けている。それまでの暮らしに何らかの区切りをつけ、これからの自分を大切にしたいと思う人にとって、味のある便利な器はよい味方になるらしい。

久実の昼休み後、草は弁当持参で幼馴染みの由紀乃宅を訪ねた。

「嘘みたい。あの、牛亭さんが」

交際半世紀後の入籍に、由紀乃もローテーブルの向こうで目を丸くした。丸顔の上でずり落ちた丸眼鏡を、健常な右手で押し上げる。小さな脳梗塞を繰り返して記憶や左半身に支障があっても、牛亭さんの恋愛とその後の様子は覚えていた。

午後の陽光はバリアフリーの住まいに降りそそぎ、ソファ近くまで日向になっている。ローテーブルの小さな二段重は、どちらの段にも出汁巻き玉子、牛のしぐれ煮、菜の花のからし醤油和え、生姜(しょうが)の炊き込みご飯を詰めて銘々の弁当仕立てにしてきたのだが、話が弾み、食も進んですっかり空になっていた。

「でも、やっぱり牛亭さんだわ。ね、草ちゃん」

「そうね。私もそう思った」

「私たちよりけっこう年下だけれど、若い頃から年の差を感じさせなかったわ」

「大人だったのよ」

「ほんと。ひやかす人にも、お説教する人にも、黙ってにっこり」

「牛亭さんの半世紀にひれ伏すしかないわね」

二人で顔を見合わせて笑ってしまった。あの人の側に立つ者は、ある種の尊敬の念をもって牛亭さんと呼んでいた。若い時分は周囲との摩擦も多い。人の無理解に憤ったり窮屈な思いをしたりして、同じ時代を生きてきたという気持ちがそうさせる。

「あっ、そうだ、苺」

「苺？」

草はさっと重箱を寄せて腰を上げ、キッチンカウンターに置いたままだった手提げの紙袋の中から、器ごと苺を持ってきた。来た時に、今日はこれがメインなのよ、と言っておきながら、由紀乃同様すっかり忘れていた。

苺を盛った器は、竹とガラス。一枚の飴色をしたリボン状の竹がくるくると伸びやかに四方八方へ、あるいは密に粗にと、自在な曲線を幾重にも描いてオブジェのようになり、両端がすっとした舟形のガラス器を立体的に包み込んでいる。竹の優美な線と、宙で支えられたガラス表面の美しいゆがみが、水面と草木のような影をローテーブルに落とす。

由紀乃は器に目を瞠(みは)り、一言も発しない。

その様子が、草はとてもうれしかった。

「これね、完全な手仕事だから、一つとして同じものはないの」

もとは、互いの作品しか知らなかった若手工芸家が、これとこれは組み合わさる、と展示会でひらめいたところから始まった器だ。ひらめいた一人は主に手びねりの陶器のようなガラス器をつくり、もう一人は笊(ざる)や籠(かご)といった伝統的な竹細工を作る傍らこうした形を生み出した。

「じゃあ、この竹のほうは置物?」

「置物でもあり、花器でもあり」

きょとんとする由紀乃を前に、草は苺の載ったガラス器をすっと抜きとり、竹細工だけにしてみせた。

「水盤にこれを置くと、自由に活けられる。竹と竹の隙間に茎を通して花を安定させてね。空間を大切にして本数を少なくするの。黒い水盤に芍薬一輪、低く活けただけで、はっとさせられる」

説明に耳を傾けていた由紀乃の表情が、光を当てたかのように急に明るくなった。

「ああ、わかるわ、わかる。大きいけれど、剣山がわりというのかしら。本当にきれい」

由紀乃の見つめる裸の竹細工は、今や活け花と化している。

「それに、これ、最初の状態でも花器になるでしょ」

「苺を、お水とお花にしてね」

「そう。もちろん、花の丈を長くしてもいい。それとね、ガラスの器が下にもなるの」

草は重箱の蓋へ苺をごろごろと移し、空になったガラス器の上に竹細工を置いてみる。

「ほら、こんなに竹細工がはみ出てるのに形になるでしょう。花は茎の先が水に浸ればいいし、竹細工の向きもいろいろになるから、活け方もね、高く、広くと、遊べるわけ」

「素敵。まったく別々に使ってもいいのよね。器だけれど、その域を超えてる」

見つめてくる由紀乃の瞳が、輝きを増していた。

「これは一体、何て呼んだらいいのかしら……」

「よーし、仕入れるわ」

久実以上の由紀乃の反応に、草は初夏からの目玉商品をこれと決めた。数は売れずとも、小蔵屋らしい商品が時には必要だ。

仕入れ値が張るのかと、由紀乃が心配そうに訊く。

自分がどんな顔をしていたかを知った草は、努めて明るく微笑んだ。

「少々ね。でも、薄利でいい。小蔵屋が小蔵屋であるためだから」

由紀乃が励ますように一つうなずく。

壁掛けのカレンダーには、明日からの二日間にわたって矢印が記入されており「草ちゃん 京都」と書いてある。

三時前になると、客が途絶えた。強まった北風に、表側のガラス戸が鳴る。

カウンター内の隅のノートパソコンをいじっていた久実が、これってウィンドウズXPでしたよね、違いましたっけ、などと草には意味不明なことをぶつぶつ言った末に、ほら、と画面を指し示す。

そこには、小蔵屋の瓦屋根まで入れた全景と草の皺くちゃな笑顔の画像があった。

他にもけっこうあるんですよ、と久実が操作を続けると、小蔵屋のロゴマーク入りの包みや、試飲のコーヒーを満たした蕎麦猪口、客と談笑したり久実と並んだりする草の画像などが出てくる。どれも地元の情報誌や客がインターネットに上げたものだった。

「こういう形でも知られる時代になったのねえ」

草は布巾を手にしたまま腰をかがめ、老眼の目を細めてしみじみ画面に見入った。ちり紙から裏の畑でとれた野菜まで売る雑貨屋だった、先代、先々代の時代から考えると隔世の感がある。

草が腰を押さえてようよう身体を伸ばすと、久実の横顔はもう画面を見ていなかった。

五十年間夫婦同然で未入籍か、と久実がつぶやく。

どうも、午前中の牛亭さんの告白を聞いていたらしい。視線はカウンターを越えて、店前の駐車場の方へ。秋から一緒に暮らし始めた一ノ瀬公介のことを思っているのだろう。真剣なら、結婚や出産など先々について考えざるを得ない。

「まっ、人それぞれ。いろんな生き方があるわ」

草は器を拭きつつ、努めて軽い調子で応じる。

「ＢＭＷのクーペ、自立した女性という感じで似合ってますよね」

「まだ若いのよ。上の子を産んだ時は十代だったんじゃないかしら。案外、適度な距離を保てたのが五十年続いた秘訣なのかも」

「適度な距離……でも、子供のほうは複雑ですよね。そのぶん、大切に育てられたのかもしれませんけど」

久実が小首を傾げてから、パソコンの画面を閉じる。

「別々の世界でも、求める距離が同じだったら、成立するのかなあ」

「お寺さん、焼肉屋さんの求める距離？　えーと、現実には、駅前の辺りで道二本隔ててるわね」

　適度な距離っていうのがどうも、と久実がまた小首を傾げる。

「こっちが求めるのは、このくらいで」

　パソコンから離れた両手がほんの十センチ程度の幅を示し、

「あっちが求めるのは、こーんなくらい」

　と、今度はめいっぱい横に広がる。

「ってことありますよね」

　久実が真顔を向けてくる。

　一ノ瀬は、長く定職を持たなかった山男で、家業の一ノ瀬食品工業の仕事に就いた今も、夜空がきれいだったからとベランダで寝袋にくるまって一晩過ごしてしまうような人物だ。自分の家族が苦手だったらしく、子供の頃から一人で屋根の上にいたり、祖父の書斎に入り浸ったりしていたとも言っていた。

　閉めてあるはずの蛇口から、水がぽとぽとっと落ちた。

「コーヒー、飲もうか」

　草は気分を変えるために、後ろの作り付けの棚から古い染付の蕎麦猪口と白磁のフリーカップを用意する。

「そうそう、由紀乃さんからタルトをいただいたんだった」

ノートパソコン脇から、タルトの薄い箱を引き寄せる。蓋を開けると、ほぼ棒状ともいえるほど細長いピースに切り分けられた色とりどりのタルトが六つ現れた。

「洋梨とクリームチーズは、由紀乃さんのとこ。あとはダークチェリー、抹茶、オレンジ、アーモンド、えーと、このクリームの載ったのはかぼちゃで、それから……これは何だったっけ」

茶色とベージュ色が数層をなす、よくわからないものに草が目を凝らすと、久実もそのタルトへと首を伸ばしてきた。

「わかりませんね。海辺の切り立った崖みたい」

「地味ね」

「ええ、でも試してはみたい」

「そう？」

「案外、地味なのがおいしいんです。安定感あって」

草に代わって久実が器を拭き終えた頃には、小蔵屋オリジナルブレンドが落とし立ての香りを放っていた。

カウンター内に立ったままの久実が薄紙ごと謎のタルトを持ち、尖った先のほうからぱくっと頬張る。

「どうだい、久実ちゃん」

訊いたのは運送屋の寺田(てらだ)だ。コーヒーとタルトのにおいを嗅ぎつけたかのように配達にやって来て、カウンター席でコーヒーを啜っていた。久実がもぐもぐしながら、宙に視線を泳がせる。

「バナナ。んー、あとこれは……カカオというかチョコレートですね、絶対」

「おお、うまそうだな」

「ほんと、おいしそう。定番の組み合わせね」

うんうんとうなずきながら、久実が次の一口をぱくつく。

「おいしいけど、どこ食べても同じ感じかな。ちょこっとアクセントのあるのも食べたくなるというか」

好きなだけどうぞと草に勧められ、久実はコーヒーを合いの手に、スライスアーモンド、それと輪切りのオレンジの二種類もあっという間に平らげた。アーモンドは食感がよく、オレンジは皮の苦みがいいと満足げだ。

「苦みってあとを引きますよね。飽きずに、次の一口にいけちゃう」

食べこぼしのついた手やセーターを流しで払い、コーヒーの残りを飲み終える。いつもながら、草は久実の見事な食べっぷりに感服してしまう。

久実は流しに寄りかかり、空になった白磁面取りのフリーカップをしばらく見つめていた。

「自分の選択がいいのか悪いのか、結果っていつ出るんでしょう」

タルトの話ではないことは、誰にでもわかる。

娘の二人いる寺田がどうかしたのかと目で訊いてきたが、草は持っていた染付の蕎麦猪口の残り少ないコーヒーに視線を落とした。

「そうねえ……」

若い時に離婚し、相手に残してきた息子を亡くし、その後も縁に恵まれなかった自分に何が言えるのか。草が答えあぐねていると、時間切れとでもいうかのように店の固定電話が鳴った。

ごちそうさまを言って出てゆく寺田を見送りながら、草は受話器をとった。

「はい、小蔵屋でございます」

「東京のアンティークショップ『海図』です」

あら、と草が少々弾んだ声を発すると、久実が流しの水を止め、どなたですかという顔を向けてきた。お元気そうだ、と電話の向こうでは話し続けている。

「金源さんも」

どうにか生き長らえていますよ、と海図の店主がふっと笑う。

ええと、最後に伺ったのは。あれは夏の終わり頃でしたね。そんな会話を交わし、草は最後に海図に行ってからまだ半年しか経っていなかったことを思い出す。よい兆しを感じた。

海図の重いドアを開けた時の古い館のような独特のにおい、洋の東西を問わない古きもの、やや背の曲がった頑丈そうな金源の姿が思い浮かんだ。金源は三つ揃いなり、ニットなり、大抵ベストを身につけている。ややたっぷりめの腹部を覆うベストを、角張った手でさする様子が彷彿とする。

「用件は、他でもない――」

「とうとう戻りましたか」

「ええ、とうとう。さすが杉浦さんだ。察しがいい。察しがいい」

草に言わせれば、察しがいいも何もない。こちらが立ち寄ったり連絡したりすることはあっても、海図から電話が来ることなど皆無(かいむ)だったのだから。

「ちょうどよかったわ。明日、仕事で京都まで出かける予定なんですよ」

「え？　明日ですか……京都へ……」

「ええ」

あまりに急すぎるのか、都合でも悪いのかと考えるだけの間ができた。

「そうですか、それはよかったが――」

全部聞き終わる前に、行きの途中で寄りますから、と草は言葉を継いだ。つい、せっかちになる。そうしないと、あの帯留がまた手の届かないところへ行ってしまうような気がした。手離したのは、そもそも自分自身だというのに。

それは金工(きんこう)で作られた、花の帯留だった。

菊を中心に、梅、桜、桔梗。繊細な和の花が立体的に組み合わされ、まるで花束のよう。所どころ金箔や臙脂の彩色を施した純銀製で、ふくらみを帯びた厚みがあり、手のひらに載せれば窪みにしっくり収まって持ち重りがした。

十数年経つだろうか。ずいぶん前に、妻子ある男が京都へ嫁いだ愛人に贈ろうとし、断った彼女が使いの小蔵屋店主へ、返せないのならあなたがもらってください、と言って譲らなかった曰く付きだ。他に贈り物を届けたこともあるが、その時は時期が悪かった。草とすれば、偽りの多い結婚に疲弊しきっていた彼女に対し、せめてもの思いで従った。といって、友人である男に帯留を返すわけにもいかない。どうしても落胆させたくなかった。そうなると、これをいつまでも持ち続けるのか――。誰もが本心を口に出せず、手の届かない人を想っていた。

桐箱入りの帯留は、帰りの新幹線内で次第にその重みを増し、だから途中、東京駅を出てアンティークショップ海図に立ち寄り十万円で売り払った時には心底ほっとしたものだ。危ないものをそれと知らない人のところへ置いてきた、そんな気分で海図をあとにした。街ゆく人がのんびり歩く、よく晴れた午後だった。

以前売った帯留を買い戻すと聞いた久実が、

「軌道に乗るまで、大変だったんですね」

と、小蔵屋のために金策で走り回ったかのように言う。草は勘違いをそのままに、身体の前で手を揃えてちょこんと頭を下げた。

「おかげさまで、買い戻せるようになりました」

とんでもないことをした。大切なものを手離してしまった――売ってから後悔に襲われるのに時間はかからなかった。

売り払った時の現金まで持ってまた海図を訪ねた時には、帯留は売れてしまっていた。江戸末期に刀装金工でもあった職人の銘が入った小さな美術品は、ひと月しないうちに人手へ渡ったのだった。先に電話して売らないでほしいと頼めばよかったと、悔やんでも遅かった。

――どうにかならないかしら。戻ってくるものなら買い戻したい。

気まぐれに思われても仕方のない草の願いに、海図の店主はあきれた顔をしなかった。

――世の中、大抵のことは金銭で片が付きます。倍か三倍かは知らないが、相手がその気なら言い値で買い戻せる。

――倍、三倍……。

一体、幾らで売れたのか。そう訊こうとした草は視線を感じた。顔を上げると、金源の妻が奥の事務室との間に下がるビロードのようなカーテンに細い身を寄せ、こちらを見ていたが、小さく首を振って引っ込んでいった。

――しかし、あの方はどうかな。まずは、強く願うことでしょうね。

フランス人でね、と気の毒そうに言い添えた。

――それじゃ、帯留は海外へ？

――彼は神楽坂に暮らして長い。そこが救いかもしれない。もしも売るようなことがあったらまたここへと、伝えておきますよ。

元家具職人だった金源の太い指は、浅葱鼠（あさぎねず）の表紙の分厚い台帳の一行に置かれていた。そこには、金工帯留（在銘、共箱）とあり、草の氏名住所などとともに、異国の趣味人の名も筆記体で記されていた。名にはルビも振ってあったが老眼には小さすぎ、カタカナであることしかわからなかった。草は読むことすらできない文字を見つめ、帯留をとても遠く感じた。

2

一ノ瀬は、駅前のロータリーに入るとランドクルーザーの速度を落とした。左の駅側に沿う一時停車エリアから右の狭い有料駐車場へと目をやる。どちらもぎっしり詰まっていた。列車の発着が立て込んで送迎の車が多いからなのか、駅ビルと周辺の商業施設がもうすぐ開店するからなのか。この辺りでは大抵、歩行者より車の方が多く感じる。

「あら、もう駅」

助手席の草が、早くも降りようとシートベルトの金具に手をかける。灰色の和装コートの膝に、小振りな旅行鞄を載せている。駅前に来るまで何か考えていたらしく、ほとんど話していない。長い橋の上で財布から小さく折りたたんだ黄色い紙を出し、しばらく眺め、また同じようにたたんでしまい込んでいた。リーガルパッドの半切だった。

久実から草の予定を聞いていた一ノ瀬は、会社から外出するついでに小蔵屋へ寄り、駅まで送ってきたのだった。

「あっちの横断歩道を過ぎたところでも平気よ。まだ時間があるし」

「だったら、ロータリーを二周しますよ。その間には空く――」

言い終わらないうちに、一時停車エリアからワゴン車が出ていった。

一ノ瀬は、すかさず四駆を頭からそこへ入れ、斜め停めする。駅ビルに組み込まれた交番の真ん前。多少の距離はあるが、警察官の顔はわかる。気の進まない場所だな、と思いつつ、口角とサイドブレーキを引き上げる。

一旦、外へ出て助手席のドアを開け、草が降りるのを見守る。小柄で痩せているが足腰の強いこの老人に、余計な手助けは無用だった。助手席をざっと見たが、忘れものはなさそうだ。以前はこの手の時に謝礼の入ったぽち袋を出されて断ったが、今ではそんな他人行儀もなくなった。

「助かったわ。ありがとう」

「いってらっしゃい」

「はい、いってきます」

車のドアを閉めた一ノ瀬は、歩道へのつまずきそうな段差を革靴で大げさに踏んで示した。白髪の小さなお団子にべっ甲の櫛を挿した頭が下を向き、こういうとこ年寄りは本当に気をつけないとね、と自分に言い聞かせるように言い、白足袋に草履(ぞうり)の足が小さな段差を上がる。

「京都のあのホテルは今、瀬戸内の真鯛フェアをやってます。ランチが得ですよ」

「真鯛か。いいわね」

着慣れた着物姿が手を振り、さっさっと歩いて、エスカレーターから二階の改札へと上がってゆく。階段を降りてくる男とすれ違って会釈を交わす。一ノ瀬は着物姿が見えなくなるまでそこにいて、運転席側のドアへ戻った。

ドアに手をかけた時、一台分向こうのシルバーのステーションワゴンに目が留まった。間に停まっていた軽自動車が抜けて丸見えだった。

バックパックの若い男がステーションワゴンのそばにかがみ込み、運転席の三十代だろう男に首根っこをつかまれている。短いダウンジャケットから覗くジーンズの前ポケットに手も突っ込まれ、いらない、いいから持ってけ、という会話を二度繰り返し、結局折れてそのまま駅へと去っていった。最後には運転席から降りて名残惜しそうに見送った男は、辺見(へんみ)探偵社の辺見だった。最初に見た時から、一ノ瀬はそんな気がしていた。

辺見はちらっと一ノ瀬を見ると近寄ってきて、

「いつまで見てんだよ」

と、寒そうにスーツの腕を組む。目の下に隈があっても、笑い皺のある顔は機嫌よく映る。だが、冷静に人を観察する目つきはプロのそれだ。

「何やってる、こんなところで」

辺見は駅ビルの交番を見やった。

「小蔵屋のお草さんは、お出かけか」

見て知っているくせに質問する。警官体質のままの辺見を置いて、一ノ瀬は自分の車に乗り込んだ。

「辺見さん、お草さんに面識ありましたっけ」

「ない。が、目立つだろ。この辺じゃ、あの着物姿」

ドアを閉めても辺見がまだ交番の方を見て何か話しているので、一ノ瀬はエンジンをかけてからランドクルーザーの窓を開けた。

「何です」

「今日はいないって言ったんだ」

「誰が」

「遠藤(えんどう)さ。最近は制服で、その交番なんだ。一ノ瀬と一緒のところを見せておくいい機会だったのにな」

一ノ瀬は軽くため息をついた。いつか顔見知りが現れるこういう配置換えもあるだろうと思っていたが、よりによって遠藤とは。遠藤という元同僚を、辺見は守りたいのか傷つけたいのか。この男の、こういうところがわからない。

「いいかげん、車を出したらどうです」

一ノ瀬はギアをバックに入れて車を出し、そろりとそこを離れた。

バックミラーに映るセダンが邪魔な辺見にクラクションを鳴らし、空いた場所へ停車する。後ろへ遠ざかる車列の向こうに、辺見のきっちりなでつけた頭が消える。クラクションを浴びせられても、あわてもせずにその運転手へ微笑んでから自分の車に乗り込んだに違いなかった。

3

東京駅の丸の内側からタクシーで十数分。この辺りのはずなんですが、と運転手が前方とカーナビ画面を交互に見て心細い声を出した。

徐行するタクシーの後部座席から、草も首を回して外を見る。

白っぽいタイル張りのビル、別の青みがかったビルの脇から覗く棕櫚(しゅろ)の木。見覚えはあるように思うが道案内まではできなかった。東北なまりの話好きの口から、お客様をお乗せして八日目でして、不慣れですがどうぞよろしくお願いいたします、と聞いた時、すでに少々の不安はあった。

「あの角を右でしょうか」

「いいわ、ここで。お世話になりました」

申し訳ありません、と運転手が人通りの少ない道の路肩にタクシーを停める。

「ここね、鳩が狂うのよ。方向感覚に自信があっても、毎回わからなくなる」

草は自分のおでこをつんつんと指で突ついてから支払い、タクシーを降りた。

おでこを指で突つく仕草を不思議そうに真似た運転手に、

「鳩って、そこに磁石が入っている気がしない?」

と、草が微笑みかけると、運転手も破顔した。

鳩が狂うというのは、新人運転手を励ますための大げさな話ではなかった。

この一角は似たようなビルが多く、広くない道が入り組み、空も狭く、今日もたちまち草は方向感覚がおかしくなっていった。大体、海図の前まで行ったタクシーが稀だった。すぐそこですから、と面倒くさげに追い立てるようにして降ろした運転手すらいた。もとはといえば、神田で蕎麦を食べてからぶらつき、さすがに長いこと歩きすぎたと思った頃にふと出会ったアンティークショップが海図なのである。

迷うのもこう毎回だと、双六(すごろく)ゲームみたいなものだった。行っては、少々戻り、一人か二人に道をたずねて、上がり一歩手前のバーが二軒ある地点まで出れば、海図にたどりつける。

「あの、すみません。道を教えていただけますか」

ビルの自動ドアから出てきた会社員らしき背広の中年は、アンティークショップ海図と聞いて首を傾げて足早に去り、自動販売機に商品の補充をしていた作業員も同じ質問に首を傾げたが、

「近くにバーが二軒、こう、あっち角とこっち角にあって」

と、十字路の向こう右角とこちら左角を指差した草に、わかった、とうなずいた。

教えられた道を、そのとおりにたどる。

あのバーまで行きさえすれば、と草は安堵する。海図のある方を指し示す、筋骨のしっかりした腕を思い浮かべる。若い男のその彫像のような身体には、いくつもの入れ墨があった。今では嘘のようだが、海図を出て初めて会った時には、十歳ほどの、か細い栄養失調みたいな少年だった。がたいのいい父親から容赦ない平手打ちをくらい、道に吹っ飛んで尻餅をついた。左頬が瞬く間に腫れあがり、唇から血が流れた。割って入った草には、何もできなかった。子供をにらみつける父親の吊り眼には、人を黙らせる異様な光があった。何人かいた通行人も足を止めたが、誰一人、声を発さなかった。暴力より、割って入った草に驚いていた。少年自身でさえ。ユージン。それが彼の名だ。人がそう呼ぶから知ったのであって、彼から名を聞いたことも、彼の名を呼んだこともない。二度目に会った時、まず手提げに入れていた温泉饅頭を一つ渡した。二口で食べきった姿に目を見張り、その後もパウンドケーキやカツサンドなどを、会うたびに手渡すようになった。正直なところ、海図より、成長する少年見たさにここを訪れた時期もある。ある時点からめざましく大きくなって、日本人離れした体格となり、近寄ってこなくなった。食べものを渡す機会はなくなり、少年の身体には一つ二つと入れ墨が増えていった。大人になってから話したことはあるが、それも数えるほどに過ぎない。

るのだ。

だが、これまで変わらなかったことが一つだけある。彼はバー付近にいさえすれば、というか大抵いて、必ず草の目的地を指し示してくれるのだ。

——ねえ、アンティークショップ海図はどっち？

最初の草の問いかけを、そして、草が毎回迷うことを覚えていた。

「ああ、あった、ありました」

草はひとりごちて、道の一本が斜めについた四つ辻に立ち、背筋を伸ばした。やや狭いほうの角二つにバーがある。二階への外階段といい、羽板（はいた）の連なる鎧戸（よろいど）といい、全体に焦げ茶色の米国風バー二軒は似ており、四つ辻のはずが正確には細い枝道が二方向へ斜めに延びる多叉路であることも、混乱の要因だった。

「まったく、ここは……」

外階段の上がり口か二階の窓辺に座って道を見ているはずの男の姿を捜す。午前中では、眠そうに煙草をふかしているかもしれない。

だが、そこに人気（ひとけ）はなかった。

片方のバーの外階段入口には、警察の立入禁止テープが張られていた。たるんだテープが風に揺れ、乾いた音を立てる。

草はいやな予感から逃れるように、買い物袋を提げた中年女性に近づき、道をたずねた。

アスファルトの道から天然石を敷きつめた方へ入って数歩、金色のクラシックな英字で店名を入れたガラスと艶やかな塗りの木材の重厚なドアを押し開ける。ドアベルがカランコロンと落ち着いた音色で鳴り響く。

入口のドアといい、大きな格子の窓が整然と並ぶ外観といい、海図は表情の乏しいこの界隈では異彩を放っている。窓越しに見える、和紙のような乳白色の吹きガラス製ペンダントライト、ゆとりある展示、おいそれと手の出なそうな家具や古美術の類が、来る客を自ずと選ぶ。

それでも初めて通りかかった時、草は入ってみずにいられなかった。

草花の螺鈿を控えめに施した黒漆の茶棚や、中の構造がむき出しの金属楽器にも見えるタイプライター、欧州のものだろうマホガニーらしき深い色合いの猫足チェスト、蔓草の意匠の優美な弦のついた銀瓶、魔よけの仮面と見まがうような金箔の兜、そういったものに目を奪われてしまった。

なぜか、京都の青蓮院前に建物が残る山中商会を連想した。明治から昭和にかけて世界の富裕層を客とした美術商社とは規模も内容も違うし、海図はもっと西洋的な佇まいだが、目利きの選ぶ外国人好みのものに出会えるという期待を裏切らなかった。神田で蕎麦を啜ってぶらぶらするうちにたどりついた、どうしても中に入ってみたくなったという草の話に、そうですか、と金源はさらりと応じた。

——目の保養というか、心の保養というか。退屈なんですね、きっと。

——女性の退屈は創造的で、何を生み出すかわからない。

別にあなたに売ろうとは思わない、好きに見ていきなさい。そういう意味を含んだ鷹揚な微笑と声音だった。客として相手にされていないことが、草は気楽だった。店の片隅にいた妻が、悪くとらないでください、とでもいうようにこちらに向かって眉をひそめた。山中商会の話になり、日本美術のいいものがずいぶん流出してしまったんでしょうね、と素人が問えば、世界のどこにあってもいいでしょう、と金源は笑った。

——美しいものは人を黙らせる。敬意を抱かせる。時には外交以上だ。

ある日は、家具や楽器等の塗装に用いる天然樹脂を見せてくれた。ラックカイガラムシが原料だというそれは、ガラス瓶の中で、ガーネット原石を薄くスライスして砕いたような魅惑的な赤い輝きを放っていた。アルコールに溶かし、塗っては乾かしを繰り返して、あの美しく深みのある色艶を生み出すのだという。写真で見せられた原料の虫の姿形に、思わず草は身震いした。まるで密集する赤いダニ。仕上がりの美しさとは落差がありすぎた。どういう反応をするかわかっていて、金源は楽しそうに英字の専門書を広げたのだった。

——もっとも、食紅の原材料だって虫でしたよね。

——そう、これと同じカイガラムシの一種です。醜いが、使いようだ。

おかげで、ラックカイガラムシの名は草の頭に刻み込まれた。

三代続いた雑貨屋から商売替えして現在の店に至るまでずっと働いてきた草にとって、ここは数ある栄養補給地の一つだ。見たもの、触れたもの、聞いたこと、他の客が連れてくる雰囲気、自分自身のあしらわれ方といった、そのほとんどはたいして記憶に残らない。だが、あちこちでする雑多な経験とあいまって腐葉土となり、何らかの形で自分を支えているような気がしていた。その時は何とも感じず忘れたようでも、どうかするとふと際立って蘇ってくる言葉や場面もある。

それに、草の仕事と大がかりな商売替えを知った時の、金源の一本とられたとでもいうような心からの驚きようは、いつ思い出しても愉快だ。

「ごめんください」

「いらっしゃいませ」

ツイードの三つ揃いの金源が、矢羽張りの床の向こうから現れた。手には塵取りがセットされた箒(ほうき)を持っている。日本の古家具だろう木枠の簡素なショーケースの陰にいたようだ。お待ちしておりました、どうぞ、と広げた右手を奥の方へと向ける。

「じゃ、早速」

背面まで美しく作られた英国製の机を挟んで椅子に座る。金源の手から銀のペン皿へ、三センチほどの細長く平たい真鍮(しんちゅう)の針のようなものが置かれ、硬質な音を立てた。中ほどになるほど幅があり、両端が尖っている。それだけでも古そうで、なんだか目を引く。さきほど奥のカーテンの方へ片付けられた塵取りからは、ざざっと堅い音がしていた。

何かを壊してしまったのだろうか。

「何ですか、それ」

返事は笑みだけで、机の引き出しから細長い桐箱が出された。

受け取った草は、そっと桐箱の蓋を開け、帯紐つきの帯留を手にとった。純銀製の花の帯留は手の窪みにすっぽりと収まり、帯紐は折りあとを残しつつ垂れ落ちた。記憶どおりの手触りや重みが草を微笑ませる。

真鍮の支柱の卓上置き型ルーペを借りる。

分厚く丸いレンズの中に、純銀製の花束が大きくなって広がる。

帯留の裏面には、草の記憶にない、一枝の写実的な松が彫られていた。待つ、という意味にかけ、現実にはどうにもならないとわかっていながらも、京都の彼女のためにこれを選んだのだろうか。やっかいな男の横顔が彷彿とする。

付いている帯紐も思っていたような朱ではなく、もっと深い色合いだった。

「けっこう赤い帯紐だったのね」

「ローズ系だ」

「記憶って、どこか当てにならないわ。でも、よかった」

値を訊くと、金源が自分の顎に触れるかのように手を出し、小指と薬指をたたんで残りの指を立てた。

「あら、三十万とは。いいお値段ね」

お宅と違ってそうそう売れる店じゃありません、と金源は金縁の眼鏡の上から草を見て、口角を引き上げる。

「長いこと待ったのよ」

「海図も少々手をお貸しした」

二十。ご冗談、じゃあ二十八。二十一。二十七万五千。あら、刻むのね。笑いあったあと、結局、金源が折れて二割ばかり引いてくれた。

「交渉の甲斐があったわ」

「サービスしておきましょう。これが最後とも限らない」

互いの年齢。死神の気まぐれ。跡継ぎのいない商売。

涙袋が大きく深い皺に囲まれた金源の目の中に、そういったものを見た草は、丁寧に礼を述べ、無地の紬の膝に帯留を入れた桐箱を置いた。もとから古く黒みがかっていた共箱をなでるうちに、これを渡してほしいと頼んできた男の寂しい横顔、京都のあの人の女らしい白い手が思い出された。長年待っていたものを実際に手にしたら、なんだか気が抜けてしまった。

「浮かない顔だ」

見透かしたように、金源が微笑む。

飾って眺める気にも、ましてや身につける気にもなれない。そんなものをなぜ長年待っていたのか。草は手にしたそばからまた帯留を持て余し、自分がわからなくなる。これを待つ間に、金源の妻は病で亡くなり、父親から容赦ない平手打ちをくらった少年は大人になった。

「あの、あっちにあるバー」

「ええ」

「あの二階、どうかしたんですか。警察の立入禁止テープが外階段に張ってあったけれど」

金源が眉根を寄せた。

「消えましてね。雇われ店長が、つい先日」

えっ、と草が思う間にも話は続く。

「ユージンですよ。ご存じでしょう、精悍な身体に入れ墨の。遺体はなかったらしいですが、警察もあの出血量では生きていないだろうと」

草は言葉が出なかった。驚きはしたものの、やはりと思う自分もいた。だが、若すぎる。まだ二十代後半くらいのはずだ。

「その直前にも、あそこで父親の手下から激しく焼きを入れられたようで。室橋の息子ですからね、まあ、いろいろと……」

話が途絶える。

机の向こうで、金源が後ろ首を揉む。

室橋――一度見かけただけの男の顔、あの異様な光を湛えた吊り眼を、草は記憶の中に凝視する。人に言えない仕事。従来の暴力団組織に属さない、ある種目立たないグループ。方々で与党議員の子女や警察を抱き込み、安全圏を築いている。小蔵屋のある紅雲町とは無縁な話を、金源の口からごくたまに聞いたことがある。

「あの二軒のバー、変に似ていますね」

「どちらも室橋のものです。一種の趣味だ」

「趣味？」

人をいたぶるのに労力を惜しまない、と金源は続けた。言いなりにならなかった男のバーの向かいへ、空き店舗に張りぼてのそっくりな店をあっという間に造り、酒を安く飲ませて客を奪い、やがて店と女も脅し取った。

警察には、と草が問うと、おびえる者たちは沈黙し、どんなことにも慣れてしまう、そうでしょう、と皮肉な笑みを返された。

「で、脅し取ったその女がユージンの母親ですよ」

初めて聞く彼の極めて厳しい出自に、草は胸が締めつけられた。

「黒髪の、目鼻立ちのはっきりしたラテン系でね。彼女もいなくなってしまったが」

「まさか、殺された？」

「いえ、人の話では、離婚してアメリカへ帰国したようで。当時は、室橋にも人間らしい面が多少残っていたのかもしれない。子供を残してゆく条件を呑ませ、おとなしく別れたのでしょう。ユージンはまだよちよちだった。室橋はあそこにいないし、出入りする大人たちも当てにならない。いわゆるネグレクト。よく育ったものだ」

「母親と子供を引き離すのが、人間らしい？」

離婚に応じたという意味で人間らしいと言ったのだろうが、草は黙っていられなかった。

金源が草をちらっと見てから、片手で顔をさする。

以前、他人の気安さで、草は自身の離婚や子を亡くした過去を少しだけ話したことがあった。金源と妻の口論中に、店へ入った日のことだ。おれは知らん。あなたは娘の気持ちを考えたことはないの？　年頃だった娘のことで言い争っていた。もう七、八年、あるいはもっと経つだろうか。一人きりの子だが、他で働いており、海図を継ぐことはないらしい。絵に描いたような家庭は少なく、どの家もいろいろとあるものだが、それにしてもユージンの生い立ちも死も過酷すぎる。

金源が大きく息を吸い、どうもああした事件は、と言い、草も一呼吸おいてからうなずいた。ユージンの死に、神経を逆撫でされていた。

「奥さんが亡くなられてどのくらいでしたか」

「三年です。今では、あまり長く病まずに済んでよかったと」

金源はビロードのカーテンの奥を往復し、草に茶と焼き菓子を出してくれた。

「リラックスできますよ」

これもアンティークなのだろう。大きな薔薇の描かれたティーカップだ。黄色みがかった薄い色の茶の中には、小さな白い菊が五つばかり浮いていた。菊花茶とパイナップルケーキ。菊の香りと少々の苦みが、四角い焼き菓子のほろほろした食感やこっくりとした甘酸っぱさにあう。ここで知った台湾の味だ。パイナップルケーキは、他からみやげでもらうものよりも、しっとりしていて果実の自然な味がする。

「奥さんのお気に入りでしたね」

「ええ」

金源の妻は中国大陸から台湾島、そして日本へと渡り、ここに長く暮らした。草はあまり話したことはなかったが、上品な日本語を流暢に使いこなしていたのを覚えている。それを聞くたびに、台湾の人々に母国語を捨てさせて日本語を強要したこの国の暗い歴史を思ったものだった。彼女が金源よりだいぶ年下で、第二次世界大戦後に生まれたのはわかっていたけれど。

「おかしなことだ。気まずい時、妻にこんなものを出されると、逆に腹立たしさが増したものだが」

草は金源と目が合い、笑ってしまう。

「年をとると、何にでも思い出が」

「ええ。言ってみれば、ここにあるものが皆、思い出の記憶装置です。ものは時代や人を覚えていて、そっと私たちに働きかけてくる。我々はトレースする。なぞる。自分が触れたように触れた者がいて、自分が覗いたように覗いた者がいる、そのことを。レコードに針を落とすようにしてね。すると、聞こえてくる。命には限りがあり、誰もが必死に生きていたのだと――」

ドアベルがやわらかに鳴り、ああこれは、お待ちしておりました、と金源が身なりのいい中年の夫婦を迎えた。彼らを降ろしたのだろう黒塗りの車が、年代物の家具やランプの間から見え、大窓の向こうを走り去る。

椅子から立ち上がった草は、仕草で金源に断ってからトイレを借り、海図をあとにした。トイレの飾り棚には、金源の妻が存命だった当時と変わらず、陶器の動物がたくさん並んでいた。兎、亀、シャム猫、子鹿に梟(ふくろう)。確か、娘は動物病院勤めだった。

――あとを継ぐ？　いえいえ、あれには無理だ。

いつだったか娘についてそう言って首を横に振った金源は、まだ熱心に接客中だった。机に浅葱鼠の表紙の分厚い台帳を広げたままで、客に呼ばれていった。

中年夫婦は上客なのだろう。中華ふうの格子と透明感のある赤めの塗りが美しいチェストをいたく気に入った様子で、期待以上だわ、と喜び、近くに飾られていた仏頭や小さな置物にも関心を示していた。

草が卓上のルーペの角度を変え、帯留を海図へ戻してくれた異国の趣味人の名をそっと捜したことを、金源は知らない。

海図を出て右へ。

逆方向の左には幾つものビルの先に、小さな赤い旗がはためく。あれはトルコ国旗で、トルコ料理店だと海図で数年前に聞いたことはあったが、後ろに遠ざかるばかりだ。草はまだその店舗すら目にしたことがなかった。

海図を右にさえ出れば、帰るのはたやすい。多少道を間違っても、外へという意識を持ってひたすら進めば、やがてタクシーが行き交う通りに出る。それは確かだ。

だが、草は迷っていた。

どうしようかと迷うものだから、自然、足は重くなる。

予約した東海道新幹線は、指定席がとってある列車を逃しても、他の列車の自由席に乗れる。予定も融通がきく。京都で午後行ってみるつもりだった錫専門店と例の面白い作品を生む竹製品工房は明日でもかまわないし、帰りの新幹線を遅くすれば問題はない。絶対に外せない予定でもあればよかったが、と草は一つ息を吐く。

ガラス扉と大理石の小規模なマンション。低層ビルの一階にはオレンジ色の椅子の美容院があり、雀が舞い降りた「ＯＰＥＮ→」と書かれた低い看板は何屋か不明な青い木製ドアを指し示している。塗装のかすれた味のあるそのドア前を過ぎても、雀は看板にとまったままだった。どの店がいつでき、その前は何だったのか、よくわからなかった。長年の間に多少の変化はあっても、穏やかな無表情で何もかもを覆ってしまう、この界隈の雰囲気は変わらない。

一分も歩くと、四叉路のようで実は多叉路の、あの場所が見えてきた。

あそこから道はあちこちへと分かれてゆくのに、そこへ近づけば近づくほど道が狭まっていくようで、結局、バーの直前で足が止まってしまった。

草は辺りを見回した。通行人が何人かいるが、後ろ姿ばかりだった。

さっさとしろということか。

観念して、旅行鞄の外ポケットから出したカシミヤの手袋をはめ、警察の立入禁止テープをくぐった。道の端から、足元に点々と黒い染みがあった。血痕だ。踏まないように気をつけて、バーの外階段を上る。年寄りには急すぎ、板壁に手をつかなければいられない。木製の階段は空っぽの木箱を踏むような空疎な音を立てていたが、中ほどで、ぎしっと軋んだ。こっちだよ。所々に落ちている黒い染みに導かれる。表側に垂れ壁があるため、階段の終わりのほうは薄暗い。

晩冬のよく晴れた日だというのに、鼻先に雨のにおいがしてくる。

最後にユージンに会ったのは、前回海図を訪ねた時。昨日金源と電話で話したところによれば、去年の夏のことになる。あれは若手陶芸家のグループ展と商談で上京した折だったか。

小雨が降っていた。

彼は階段下でこの年寄りを呼び止めて言った。

――おれが死んだら運んでほしいものがある。

そうして、小さくたたんだ半切の黄色いレポート用紙を、両手を使ってこちらの手のひらに押し込んだ。親密な握手か、励ますかに見える慣れた仕草で。彼が少年の頃から、近づいてくる人たちとたびたびそうしていたように。現金と薬物の交換のためだろうと気付いたのは、薬物売買の実態を追うテレビ番組とその光景が重なったある日のことだった。こんな目立たない場所だからこそ、犯罪行為は日常にまぎれたのだろう。半切の黄色いレポート用紙には、四角い文字と、几帳面な図が書かれていた。運ぶもののありかだ。

内容を知ったのは数時間後のことだし、彼と接触したのは何秒かに過ぎない。

――財布の、絶対落ちない場所に入れるんだ。

草は従った。有無が言えなかった。まっすぐ見下ろしてきた彫りの深い顔の、黒い瞳が冷やかに訴えていた。借りを返せよ。あんなふうに割って入りながら、あんたは何もしなかった。他のやつらと同じだ。でも、おれは奉仕した。いつも道を教えてやっただろ？

あの父子の間に割って入ってすぐ、まずいと感じた。子供に何を、という叱責を呑み込む。ひどい光景がよぎる。この子は中途半端に助けられかけたばかりに、一人になった時にもっと激しい暴行を受ける。通報を？　してない？　よかった。焦った様子でそう言った金源。関わるな、と眼で訴える通行人。善人面の無責任。何様だ、おまえは。胸に渦巻く誰とも知れない罵り（ののし）の声。記憶なのか、想像なのか、事の前後もはっきりしない混沌としたものが押し寄せてくる。去年のあの小雨の日も、彼の死んだ今も、同じだった。

手出しできない世界だからと、少年を見捨てた。

自分でも嫌になるが、事実だ。

――自分の食い扶持は自分で稼げ。それが人生だ。

カツサンドをひったくるように取り、そう言ってにらんできた少年の顔がありありと目に浮かぶ。室橋のものだろう無慈悲な教えを、ありがとうの代わりに投げつけてきた。渇いた世界と、偽善者に向かって。

無力な自分に対し、草は唇をすぼめる。

階段を上がりきったそこは板張りの短い廊下で、右手にドアがあった。ドアノブが壊され、少し開いている。恐る恐るドアを押し開ける。埃が舞って光る。

明るく感じたが、左右にある窓の鎧戸は閉まりかげんだった。日光が直線的な模様を描いて床板に落ちている。

正面のローテーブルの手前に、大きな血溜まりが広がっていた。倒した缶から流れ出て固まったペンキのようだった。ローテーブルの角にも血が付いており、血まみれの身体がこちらへ引きずられた痕跡もある。瀕死とわかっていながら、暴行が止まらなかったのか。それとも、倒れた際の打ち所が悪かったのか。

草は袂で鼻と口を覆ったが、目をそらさなかった。

両開き窓が二つの広い部屋は、全体に乱れていた。物や家具は少ない。ローテーブル、黒革のＬ字型ソファ。木枠のベッド。使い込まれた家具はどれも明らかに乱暴に扱われて場所がずれ、ベッドのマットレスは壁にはね上げられている。左の方には、シリアルの箱やマグカップが投げ出されたカウンターキッチン。床には、木製の椅子やスツール、複数のクッション、壁に板を渡した作り付けの棚や多数あるフックから落とされたのだろう衣類やスニーカーなどが散乱している。何かを必死に探しまわった跡に見える。

洗いざらしのシャツやジーンズ、チェ・ゲバラの肖像がプリントされたＴシャツ、革のジャケット。そんな見覚えのあるものの中に、彼がいた。南米の革命家の顔は、短髪にしてベレー帽と髭を除けばユージンに似ていなくもない。

ドア脇の壁には何事もなかったかのように、スポーツタイプの自転車が立てかけてある。

犯人に持ち去られたのか、警察に押収されたのか、パソコンや携帯電話の類は見当たらなかった。

草は落ち着くために、努めてゆっくり呼吸する。頭をめぐらす。

この直前にもここで父親の手下から激しく焼きを入れられたと、海図で聞いた。

室橋の手下だったとすれば、二、三人いたのだろうか。

おそらく死は予定外だった。殺すのが目的なら、もっと他にやりようがある。過激な暴力の末に、遺体を始末しなければならなくなり、その間に誰かに通報され、現場を片付けられなかったのに違いない。いくら与党議員の子女や警察と関係を結んだ室橋でも、こうあからさまな現場では捜査を抑え込むわけにいかない。実の息子の死より、手下の大失態に青ざめているはずだ。

もちろん、犯人は敵対する別の者たちの可能性もある。

いずれにしろ、ユージンは下手をしたら殺されるとわかっていた。死を予期していた。草は考えるのを中断し、キッチンへ近づいた。

壁の目立つ亀裂の下には、丸みを帯びたアンティークふうの冷蔵庫があり、その側面には請求書等がフック付きのマグネットで張り付けてあった。

室橋勇仁。

請求書の宛名に、草は引き寄せられた。こう書くと初めて知った。

もし自分なら、この名を呪うか、単なる記号と割り切るか。パソコンで打ち出された無機質な文字に、胸がうずく。

「一体、何を運べっていうの」

旅行鞄を床に置き、冷蔵庫の側面に余っていたマグネットを二個取って、カウンターキッチンの流し台を前にして立った。後ろはガス台と腰高の収納。フライ返しの先、キッチンペーパーのロールなどが、閉まりきっていない扉や引き出しから妙な角度で飛び出していた。狭くて乱闘には不向きな場所だが、あちこち探った形跡はある。

向こうにローテーブルと大きな血溜まりが見える。

ある意味、簡単な頼みだった。

流し台には木製扉が五枚。右から二枚目と半端に開いた三枚目の扉の間の、上から下まで引き出しが並ぶ前にしゃがみ込み、下の、やや奥まった黒っぽい蹴込(けこ)みに手を伸ばす。床板に接し、つま先が当たる位置だ。高さ十センチ強、一見とても長く見える横板は、実際には三枚打ちつけてあって、一番短いこの一枚はマグネット二個がパチリと強く貼りついた。マグネットのフックを取っ手がわりにしてしっかり引くと、引っぱられるような抵抗を感じながらも、すっと外れた。黒っぽい板に見える壁紙、金属板、磁石等で細工し、左右の蹴込みの合板と同じものに見せかけている。半切の黄色いレポート用紙の図のとおりだった。

扉下の真っ暗な薄い空間には、透明なポリ袋に包まれた札束が二つ。一つのポリ袋に、帯封付きの一万円札が十束。計二千万円ある。

片方の包みには、届け先を記したメモが貼ってあった。

老眼でも困らない、四角い大きめの文字が並ぶ。

現金なら、想像した中ではましなほうだった。届け先も新宿区。遠くはない。

「アールスイング……」

草は引きはがしたメモを懐にしまい、持っていた正絹縮緬(しょうけんちりめん)の風呂敷を流し台に広げて札束を包む。古代紫と赤蘇芳(あかすおう)の両面染めの包みは、花のように鮮やかな結び目の菓子折り程度となり、旅行鞄の底の方にうまく収まった。

蹴込みとマグネットを、もとどおりに戻す。

どのくらいここにいたのかわからなくなり、カシミヤの手袋の裾をめくって左手首の内側を覗く。小さな文字盤に目を凝らす。腕時計は十二時六分。海図を出てまだ十五分と経っていなかった。

部屋を出て、最初に見た時のようにドアを薄く開けておく。後ろは振り返らなかった。血溜まりをもう一度見たところで、あの男は還らない。札束で重くなった分、旅行鞄の持ち手が老いた手に食い込む。上がってきた先程の外階段を、壁に手をつき、黒い染みを踏まないように慎重に降りる。下の、四角に切り取られた明るい道を、ベージュのコートの男が携帯電話で話しながら通りすぎていった。

――よかった、これで両方とも空くさ。

その姿を見かける直前に、そうはっきりと聞こえた。目にした男は、ここの二階の窓の方を見上げていた。

草は階段を降りきった。首を伸ばし、左右を見てから立入禁止のテープをくぐって道に出る。海図の方へは、遠ざかる背広姿が二人と、走り去る自転車。逆方向には、さきほどの電話中の男だけだ。こちらを気にする者はいない。

「防犯カメラ、いくつ壊されたと思う?」

先をゆく男の、ベージュのコートが寒風にひらめく。

そうか、と草はあらためて首を回して静かな街を見回す。

自分が防犯カメラに見つめられているかもしれないなどと少しも考えなかった。大体、そんなご丁寧な場所に、ユージンは暮らしちゃいない。そう思うと笑えてきた。

「まったく……」

笑っているのに、世界は滲みはじめ、右の頰を冷たいものが伝ってゆく。

草の目には、少年のユージンが映っていた。もちろん空想に過ぎない。

襟ぐりの伸びきったトレーナーに、膝のすり切れたジーンズ。この季節とは思えない軽装の少年は後ろから音もなくやって来て、着物姿の老婆の横を駆け抜け、先へゆく。そうしてカメラの死角から素早く近づき、植え込みの土留めの囲いから塀、塀から平らな庇へとよじ登り、慣れた手つきで防犯カメラを壊してしまう。想像の中の少年はすっくと庇に立ち、大丈夫だぜ、とばかりに草の進む方へと腕を伸ばす。そうして、悪びれもせず、自信たっぷりに道を指し示すのだ。

第二章　メジャーと竹尺

1

草は通りに出て、最初に来たタクシーに乗り込んだ。

懐からメモを出し、新宿区の住所を告げる。

三十代だろう丁寧な口調の運転手は、信号待ちの車列に入るとカーナビを操作し、車内の温度はいかがですか、とたずねた。無論、目的地にも、客がどこから来て何を運んでいるかにも関心はない。自分とは別世界にいる彼女に、ちょうどいいですよ、と草は答える。盆の窪のお団子から小振りのべっ甲の櫛を抜き、白髪をなでつける。

ユージンは命がけで、大金を誰かに遺したのかもしれなかった。届け先の『アールスイング』とは、カラオケのある飲み屋か、それとも女たちが働く夜の店か。だとすると、こんな真昼に人がいるものだろうか。そもそも、行った先の誰にこの大金を渡せばいいのだろう。

考えたところで、草にはわかりようもなかった。

あのユージンのことだ。こんな年寄りに大事を託した以上、行きさえすれば何とかなるに違いない。そう思うことにする。

信号が青に変わった。また走り始めたタクシーは、やがて交通量の多い靖国通りへ出た。車窓には武道館の金色をした擬宝珠（ぎぼし）、靖国神社の大鳥居、裸の街路樹とビルという都心の光景が流れてゆく。

なぜか草履の足に、今朝日課で河原に出かけた時に踏んだ、薄氷（うすごおり）の感触が蘇った。川音に包まれ、鼻先に立ち上る白い息の向こうに広い流れを見、身体の向きを変えて丘陵の上の観音像に手を合わせ、そうこうするうちに足元からパリッと何かが割れる感触が走ったのだった。朝日に光る薄氷は川辺の砂地に滲（し）みだしたようにできた小さな水たまりに張っており、白い足袋の先が黒ずんで濡れていたが、冷えたつま先ではそれとわからなかった。北西の果ての浅間山は真っ白だった。

あの時も、もし彼が死ぬようなことがあれば約束が本当になるけれど、と考えた。生きているなら悪い冗談が続くだけ、そう思いたかったのかもしれない。自分の考えていたことなのに、はっきりしない。

薄氷を踏んだ時、すでに彼はこの世にいなかった。隣り合わせた別世界から、さらに遠くへと旅立ってしまっていた。事は起きてしまったのだ。草は膝の上の旅行鞄をなでる。感ずる重みは、彼が遺していったものの重みだった。これから誰かに届け、本来に戻れば、いずれ日常にまぎれてしまう、その程度の重みか――。

タクシーが通りを左に折れ、対面二車線の道路からさらに狭い道へと入り、

「道の反対側になりますが、あそこですね」

と、路肩に止まった。

雑居ビルが立ち並び、路面には幟を立てた牛丼屋やドーナツ店といった飲食店、小規模な事務所のある一角である。

「看板がおわかりになりますか？」

あっ、ええ、と曖昧に返事をしてみたものの、草には車内から看板を確認することができなかった。後部座席の向こうの窓から、灰色の外壁と、小窓付きのアルミ製ドアが見えるきり。道を渡られる時はお気をつけください、と言われ、支払いながら、ありがとう、と応じる。

運転手を信じて降車した草がタクシーの屋根越しに見たのは、白地に黒文字の、何の変哲もない横看板『アールスイング』だった。店名の上には、小振りな文字でこう書き添えてあった。

「洋服のお直し、リフォーム……」

その店は、灰色の古い雑居ビルの一階にあった。

建物自体は五階建て、幅四間強というところか。右端に上階へ行くためのガラスドアがあり、その奥にエレベーターが見える。

アールスイングのアルミ製ドアの左側には、腰高窓が二つ。ドアの小窓を含め、どれも白っぽいカーテンで覆われており、中の様子は窺えない。

人と車の往来は、都心にしては少なかった。

草は数台の車を見送ってから道を渡り、アルミ製ドアに近づいてみた。

古い住宅の勝手口などに使われていたタイプのドアは、下にゴム製のドアストッパーがかませてあり、人が横向きに入れる程度に開いている。開いてはいるが、やはり道の端からでもドア枠と壁の一部が見えるのみだ。

草は腹を決めて、横歩きで中へと入った。

内部は予想より広かった。幅は外観どおり狭いが、奥行きがある。

草を迎えたコの字型のカウンターは無人で、三、四メートル奥にある広い作業台に中肉中背の女がいた。

長い黒髪を引っつめにした彼女は、太い黒縁の眼鏡をかけ、グレーの徳利セーターの首から布製のメジャーを垂らし、手には二十センチ程度の短い竹尺を持って、作業台上の上着のようなものに突っ伏すようにして向き合っている。縫い代に余裕がないわね、どうやって身幅を広げようかしら、とでも考えているかのようだ。

他人が入っても気づかない彼女の熱心さもさることながら、周囲にこれでもかというほどぶら下がっている衣服の量が草を圧倒した。

天井から下がる洋服掛けの長い棒は縦横に幾本もある。それにハンガーで吊ってビニールカバーを被せた衣服は、ズボン、上着、シャツ、ブラウスと多種多様で、宙に浮かぶ壁となり、室内を迷路化していた。壁際には、セーター類を置いた棚があり、記号の書かれた段ボール箱も積んである。天井や壁の続く具合を垣間見て奥行きがあるとわかるが、店舗内を完全に見通すことは不可能だった。

一目見ただけで、膨大な仕事量だとわかる。個人客相手というより、デパートや数ある他の同業者の外注先なのだろう。掛接ぎまでできる高い技術の者が、この奥や内職契約に複数名いそうだった。

女は、肩や背中の丸みから見て五十歳前後というところか。竹尺は片方の端をへら状に自前で削って使いやすくしてあるらしく、それで上着の裏地の縁に滑り込ませたり持ち上げたりする。彼女の所作は、長年洋裁畑を歩んできたプロのそれだった。

だが、ユージンのアメリカ人だという母ではないし、ましてや恋人にも見えない。この人に大金を渡す意味がわからない。

「あの……」

声は届かなかった。

草はカウンターの片隅にあったベルを押した。丸い銀色のベルには「ご用の方はお押しください」という手書きのカードが添えてあった。チリリンという高い音に、やっと女が顔を上げた。

「いらっしゃいませ。お待たせしてしまいましたか。ごめんなさい」

言い終わる時には、彼女はカウンターについていた。すっきりとした目がよく動き、草を眺める。草はカウンターに旅行鞄を置いた。

「ここへ来たのは、服の直しのためではないんです」

黒縁眼鏡の顔が眉根を寄せる。明らかに表情が曇った。

草は言葉を継いだ。

「ユージンをご存じ――」

しっ、と女は口元に人差し指を立て、カウンターのはね上げ式の天板を上げると草の脇を通り、さっとつま先でドアストッパーをずらしてアルミ製ドアを閉めた。そうして振り返るなり、彼だめだったのね、と肩を落とした。束の間、自分を納得させるかのように沈黙した。

彼とはどういう関係なのかと草は訊いたが、彼女は首を横に振った。

「知らないほうがお互いのためよ」

「でも、そういうわけには……」

ものは二千万円の大金なのだ。むやみに渡すわけにもいかない。草がなでる旅行鞄に、女も目を落とした。そうしてしかたないとでも言うかのように、一つ息を吐いた。

「彼には借りがある。危ない橋を渡って殺されかかった息子を、室橋から救ってもらったの。もうこっちには帰れないけど、生きているだけまし。あなただって似たようなものでしょう。さあ、話はおしまい。出すものを出して」

草は旅行鞄の底の方から、正絹縮緬の風呂敷包みを出し、そのまま女に渡した。女は顔色一つ変えず、中身の札束を手提げの紙袋に移すと、百万円分の一束だけ別にして風呂敷に包み、草に戻した。

「こっちの階段から二階へ行って」

女は衣服の壁を右へ左へと避け、金属製のドアから窓のない内階段へと草を案内した。

「お釣りをくれるから、温泉にでも行ったらどう？　うちの子の父親がいるわ」

「一体、これって……」

「わからない人ね。彼は計画を細切れにして、私たちを使い、同時に守っているの。仮に誰かに問い詰められても、全容が答えられないようにね。彼が死んでも計画は続行してる。だから、これ以上知る必要なんてないのよ。さあ、行って」

草は内階段へと押し出され、金属製のドアは閉まってしまった。

ドアをしばし見つめたものの、草は階段を上がり始めた。先へ進むしかない。幻のように現れた、手足の細い少年のユージンが手招きする。早く、早く、双六はもうすぐ上がりだよ。

踊り場で折り返し、二階へたどりついた。階段はそこで終わっていた。

一階と同じ金属製のドアの、ドアノブをゆっくりと回し、そっと引いてみる。

数メートル先の斜向（はす）かいに、別の白いドアがあり、ドアノブの上に「出入口」とある。

「ゆっくりでかまいませんから」

穏やかな声がした左の方を見ると、カウンターがあった。

顔の細い背広の男が接客中だった。客は、ボア襟付きのジャンパーを羽織った高齢者。

部屋は全体に白っぽく、広さは十畳ほど。背広の男はちょうど受話器を置いたところで、草をちらっと見ると、当然のように存在を受け入れた。

高齢客は、肩に斜めがけした自分の鞄を髪が乱れるほど熱心に探っており、背後の草に気づかない様子だ。

背広の男の後ろの壁に「質　ふくはら」と丸みのある文字が並んでいる。なるほど、質屋らしく左右の壁にはガラスのショーケースがあり、ブランド物らしきバッグや時計などが陳列してある。

草は金属製のドアを閉めて数歩進み、カウンターの向かいの壁沿いにある長椅子に腰かけた。とりあえず、客が帰るのを待たねばならない。

「ああ、あった、あった。印鑑がないはずないんだ、入れてきたんだからね」

高齢客は声高に、これで年金手帳・印鑑・通帳・キャッシュカード全部揃ったよ、と言いながら、それらをカウンター上の木製のトレーに並べていった。

なぜ質屋が、そんな重要なものを預かるのか。

草はいぶかしく思って店の男を見つめた。相手は草の視線を意に介さない様子で、細い顔いっぱいに唇を引き、さらに柔和な表情になった。

「これは銀行の届け出印ですね？」

「はい、間違いなく」

高齢客は姿勢を正してうなずき、自分の手から腕時計を外して木製のトレーに加える。

「さっきも言ったように、兄の形見で」

「大切にお預かりいたします」

間もなく店の男はトレーを持って立ち上がると、背後のドアを通って奥を行き来し、カウンターの椅子へ戻った。

高齢客は預けたもののかわりに、トレーから現金を受け取った。

指をなめては一万円札を数え、

「確かに二十万円。ありがとう。他では、三千円だ、五千円だと人を馬鹿にしたような金額で……本当に助かります。あの、何回もしつこいようですが、絶対に腕時計を流さないでくださいね。必ず全額お返しして、兄の形見を連れ帰りますから」

と、拝むかのように手を合わせた。

「ご安心ください。金利は法定どおりですし」

質草として他店で数千円の価値と見なされた腕時計に二十万円も貸すとは、道理に合わない。

お辞儀を繰り返して帰ってゆく高齢客の後ろ姿を、草は無言で見送り、彼のいた椅子に旅行鞄を置いて隣の椅子に腰かけた。黙って古代紫の風呂敷包みを開き、赤蘇芳の面から取り出した帯封付きの百万円を店の男の前へ置く。階下の女から電話があったのだろう。男は草に用件を訊かないし、草も名のらなかった。

「ねえ、質屋の法定金利は？」

「上限、年利一〇九・五パーセント。預かり期間三か月の縛りはあるが」

男は、さきほどまでの接客態度とは打って変わって無表情だ。草はあきれつつ、風呂敷をたたんで旅行鞄にしまう。

法定金利を悪用するつもりなのは見え見えだった。法的な期間の縛りを考慮せずごく単純に考えると、仮に百万円を一年貸せば、最高百九万五千円もの利息を得ることになる。もし客が完済できなければ、いやさせなければ、ずるずると高い利息を得続けるのも可能だ。今後入る年金等を返済分と称して押さえ、きゅうきゅうとさせれば、また借りに来る。ここは、まともな質屋ではない。まるで悪徳高利貸しだ。

「あんな年寄りから、通帳やら何やら取り上げて」

「あんなって……」

自分だって年寄りだろ、とまでは言わなかった男は、冷めた目で草を一瞥し、帯封付きの札束から四万円を抜いてよこした。釣り銭ということか。

「これで返済が済んだってこと？」

「うちは多角経営でね」

表向きは質屋だが、悪徳高利貸しの他に、まだ裏稼業があるらしい。

得体の知れない場所にいて、今後餌食になるのだろう高齢客も目にしたが、草は動けなかった。追いかけて説得したところで、見知らぬ他人の話など聞き入れられはしない。無力感が身体をひどく重くする。

背広の男は、草を相手に初めて口角を引き上げた。

「うちの仕事は人助けだ。困っている人間に必要なことをしてやる。そのどこが悪い？　メジャーだって、あの硬い竹尺だって伸び縮みして狂う。善悪を計る目盛りだって同じさ。あんたの目盛りが、どの世界でも通じるなんて幻想だよ」

突然、ピンポーンと明るい電子音が響き、背広の男が身体をねじって背後の壁にあるインターホンのモニターを見た。青っぽい画面には、黒い上着のフードを被った男が映っており、背後をしきりに気にしつつ、カメラにその童顔を近づけた。何秒か映った背景には、エレベーターと各階に通じるのだろう別の階段があった。フードの男は、店の出入口のほうのドア前にいるのだ。

背広の男は上着の内ポケットに九十六万円をねじ込むと、

「さあ、帰ってくれ」

と、金属製のドアの方向を顎でしゃくって示した。

草は来たとおり引き返し、内階段で階下へ降りた。二階の金属製のドアを閉め切る前にブザーが鳴り、店の出入口のドアが開いた気配がした。例のものはできてるか、先に金だ、とのやりとりが聞こえた。

「例のものって……」

ユージンも同じものを頼んだのだろうか。

記憶の中の少年が、にやりとする。

――あんたの目盛りが、どの世界でも通じるなんて幻想だよ。

質屋の男ではなく、ユージンが言う。

単色の入れ墨が思い出された。道を指し示す右手の、前腕にあった重々しいデザインの十字架。左上腕に施されていた鳥、炎にも見えたあれは不死鳥だったのか。

草履の足を踏み外さないよう、手すりを持って一段一段慎重に降りる。旅行鞄は軽くなったものの、果たした約束が罰にも思えてきた。彼のいなくなった世界で、彼のいた世界を歩かされていた。尺度の狂った世界。見放され、搾取され、命を奪われた無慈悲なそこは、あたたかく、豊かで、安定した世界とこんなにも隣り合わせなのだった。金属製のドアを抜けて、衣服の壁を左へ、右へ。草は目眩（めまい）を感じ、どこかに手を突こうとしたが、腕は服の壁を虚しく突き抜けた。ふらついた身体で必死に踏ん張る。服が眼前に揺れ、そのビニールが鼻先をかすめる。一体、どちらへ進んだらいいのか。方向がわからない。少年の笑い声を聞いた気がした。

ふいに左腕をつかまれ、草はぎょっとした。

こっちよ、と黒縁眼鏡の女が逆の方へと草の腕を引く。女の引っつめた黒髪が、グレーの徳利セーターの肩からメジャーの掛かる後ろ首へと滑り、辺りは急に広くなった。草は作業台の脇から、カウンターのはね上げてある天板を抜けて一つ息をついた。

カウンターの向こうから、女が微笑む。

「これっきり。もう来ちゃだめよ」

片端をへらのように加工して独自の長さにした竹尺が、カウンターの上にあった。草は四万円を懐から出し、カウンターへ置いた。二階で渡された釣り銭だ。どうして、と問われ、もらう理由がないからよ、と答えた。うんざりだった。血まみれの部屋から持ち出したこの金で温泉？　命と引き換えの現金で？　どう考えればそんな話になるのか。アルミ製ドアを押し開けた草に、さらに声が飛んできた。

「なぜあなたに頼んだか、わかるような気がす――」

草は皆まで聞かず外へ出て、ドアを強く閉めた。

できるものなら、ドアを蹴り飛ばしたかった。だが、現実には何もできない。蹴り飛ばすまねをしたところで、怪我をするのが落ちだ。

逃げるように歩きだし、深呼吸する。排気ガスと下水臭の混じったような、都心のひどい空気が肺に満ちる。それでも、あの中よりはましだった。視界が明るくなってゆく。突き当たりの通りを行き交う車に、午後の陽が反射していた。


東京駅の新幹線ホームは、東海道新幹線の先発が大多数を乗せて出ていったところだった。草は人が少なくなって見通しの利くようになった長いホームを眺め、今日は京都へ着きさえすればいい、と考える。

駅の時計は、二時半になるところだった。

草は携帯電話を旅行鞄から取り出し、小蔵屋へかける。三回目のコール音の途中でつながった。店は混んでいないのだろう。

「もしもし、久実ちゃん？　草です。忙しいところ悪いわね」

大丈夫です、もう着きましたか、と久実の元気な声がする。

「それが、まだ東京駅なのよ。ちょっと道草し過ぎて、これから新幹線に乗るところ」

そうなんですか、という笑い出しそうなほど明るい返事がうれしかった。たまには羽を伸ばすのもいいじゃないですか、と言われたみたいだった。アンティークショップでつい長居して、神田辺りで蕎麦でも啜ってきた、そんなもう一人の自分が本当にいたような気がしてくる。

「あのね、いただきもののどら焼を、居間の茶簞笥の上に置いてきたのよ」

どら焼の箱の横には、知人や滋賀の器作家から送られたカードや案内状が飾ってある。今は、そんなたわいない光景を思い出すだけでもなぐさめられた。

「忘れません。もうしっかり昼に食べたので、残りは頂戴して帰ります」

「あら、やっぱり言ったんだっけ」

草は、今朝出掛けに伝えたとわかっていながら、どら焼のことで電話したふうを装った。本当はただ、久実の声を聞きたかっただけだ。

「じゃあ、あとをお願いします」

「はい、それじゃ」

電話が切れる前に、いらっしゃいませ、と久実が声を張るのが聞こえた。

小蔵屋に漂うコーヒーの香り、黒光りする古材のカウンター、音を吸い込んでやわらげる漆喰壁や三和土。自分で築いてきた世界に、草は包み込まれる。目を閉じる。運としか思えなかった。久実にも、雑貨屋だった小蔵屋を遺してくれた両親にも、自分をあそこへと導いたもっと大きなものにも感謝はあるが、自分がどこへ生まれ落ち、どこをどう歩いて今があるのかを考えると、運としか思えない。

ホームに入ってきた列車が風を起こし、老体に吹きつけた。草は目を開けた。

次のひかりは、名古屋駅から各駅停車となる。先発より三十分ほど余計に乗ることになるが、草はあえて遅い列車を選んだ。空(す)いた車両に座り、ゆっくり休みたかった。六、七人ほどの乗客が待つ自由席の列につく。草のあとにも人が続々連なる。

前には、草と同年配の男女。夫婦の気ままな旅行ででもあるのか、彼らは缶ビールやカップ酒、弁当、さきいかといったものを抱えている。先頭には、キャスター付きの大型トランクを携えた外国人がいた。黒髪で明るい瞳の彼は、旅慣れた服装をしており、列車の方へ向いて異国の言葉で電話中だ。相手は友人か、家族か。くつろいだ雰囲気で笑っている。カーキ色の上着のポケットに手を突っ込み、ホームの方を振り返ると、上着から覗いた長い首に入れ墨が見えた。

草は旅行鞄を持ち直した。

一緒に提げているレジ袋がガサゴソと音を立てる。中には途中で買い求めた、まい泉のヒレかつサンドとペットボトルの温かい緑茶が入っている。子供だったユージンが何回も奪うようにして食べたカツサンドを、遅い昼食に選んだ。四つ足ものでも供養になるだろう。たぶん、ユージンは仏教に縁がない。

列車のドアが開き、長くなった客の列に連なって乗り込んだが、なんだか夢の中にいるようだった。アンティークショップ海図からあのバーの二階、そうして新宿区の雑居ビルを訪ねた一連の記憶が、靄でもかかったかのように遠かった。東京駅にはタクシーで戻ってきたのに、それすらも現実感が乏しく、気づけば新幹線ホームに立っていたという感じがする。

どうかしている——草が車内通路を歩きながら首を横に振った時、右手がやわらかい感触に包まれた。

見れば、小学校低学年ほどの男児が草の手をつかんでおり、横をすり抜けて先へと進んだかと思うと、空いていた右の二列席へと草を引き込んだ。窓側に座った男の子は、座席前に立ったままの草を見上げ、きょとんとしている。下ろした前髪から覗く二重の黒々とした目は利発そうで、丸い鼻がかわいらしい。

草はかがみ込んで話しかけた。

「ぼく、誰かと間違ったのね」

男の子の黒い瞳は、草から離れ、通路の方へと移る。

いいわ、そこにいなさい、と草の背後で声がした。

草が身体ごと通路の方へ向き直ると、すぐ横の三人席の通路側に、母親らしき女が座ったところだった。白いブラウスと黒っぽいツイードのパンツスーツに、グレーのトレンチコートを羽織っている。三十代半ばというところか。

「すみません。どうしても富士山を見るって」

ややたれかげんの人懐こそうな目が、きかない子で、とばかりに男の子を見、男の子は彼女をにらんで口を尖らせる。草は笑ってしまった。

この道行(みちゆき)コートと色が似ていなくもないがそれにしても、と草は自分の染みと皺だらけの手を眺める。その向こうにある、彼女の大振りな黒革のハンドバッグに置かれた両手は、とても白かった。金属ベルトの腕時計以外、ネックレスや指輪のような目立つ装飾品はつけていなかったが、透きとおるような肌の白さが目を引く。

「席をかわりましょうか」

草は言ってみたものの、彼女にも男の子にもその気はなさそうだった。

女は肩までのゆるやかに波打つ髪を揺らして首を横に振り、男の子は窓ガラスに額をつけるようにしてホームを眺めている。草は車内を眺め回してみたものの、結局、道行コートを脱いでその席に落ち着いた。一人でのんびりできそうな席はもう見当たらなかったし、女と席をかわって窓側の大柄な客の出入りのたびに立ち上がるのも億劫だった。ホームで電話していた外国人は、こちら側の最後部の窓寄りに一人で座っていた。

なんという一日だろう――草は二人席の間の肘掛けの方へ旅行鞄と道行コートを置き、座席前のテーブルを出して昼食をレジ袋ごと載せた。すぐには食べる気になれず、目を閉じる。

逃走資金と偽造パスポート。

ふいに頭に浮かんだものが、くっきりと焦点を結ぶ。

室橋の支配下で多くの犯罪に手を染めてきただろうユージンだ。罪と室橋から逃れるなら、別人になり、できるだけ遠くへゆく必要がある。命がけなのも当然だ。新宿区の雑居ビルにいた男女の息子はこっちには帰れないのなら、海外にいるのかも知れず、恩人の逃走に協力する可能性は充分にある。危ない橋を渡ってきた男二人が別人となり、東南アジアかどこかで店を開く計画だったとしても不思議ではない。あの雑居ビルの二階で偽造パスポートを頼んだとして、手数料九十六万円。妥当な金額なのかどうか、コーヒー豆と和食器を商う身ではまったく見当もつかない。

パンッと音がし、草はびくっとして目を開いた。

隣の男の子がすまなそうに草を見て、重ねていた両手を開いてみせる。手の中には、赤く光る包み。男の子は、キョウカ、と女を呼び、もう一つと仕草で要求。彼女はトレンチコートのポケットから小さくて金色に光る包みを出し、高い山を描いて投げ、男の子はそれを今度はそっとキャッチした。さっきは勢いよく取ったものだから、包みが破裂してしまったらしい。金色に光る包みのほうは、小さな手から草へ。男の子は赤く光る包みから、中身を口へ運ぶ。チョコレートの甘いにおいが漂う。草も金色の包みのほうを食べてみた。噛むと、中からナッツ味の濃厚なキャラメル状のものがとろけ出した。

「おいしいわ。ごちそうさま」

草が微笑むと、男の子がうなずいて笑顔になった。浅黒い肌にえくぼが浮かぶ。

「赤いのは何の味？」

「ラズベリー。酸っぱい」

失敗、と聞こえた。

草は男の子の顔に見入った。惹かれたのは子供らしい笑みというより、隠しきれない大人の顔だった。どこか危うい感じすらする。大切に守られてばかりでは、こんな顔つきにはならない。

新幹線が動き出した。

後方へ、東京駅のホームが流れてゆく。

草の横にキョウカが近づき、ジュン、ねえジュン、と小声で呼んだ。トイレに行ってくるから、と言って彼女が後ろへ離れてゆく。車窓の景色に気を取られていたジュンは、上半身をひねって座席の背もたれから目を出して彼女を見た。向き直ると、今度は座席の窓側に置いていた黒いリュックを抱きかかえた。一人にされた不安をぬいぐるみで埋めようとする幼児を思わせた。草がさっき見入った顔つきとは、おかしなほど隔たりがある。リュックには豹のような白い動物のマークがあり、それは床につかない彼の黒いスニーカーにも入っていた。

「ぼく、どこまで行くの？」

ジュンは顔を上げて草を見たが、異国の言葉で理解できないとでもいうみたいに黙ったきりで、顔の向きをもとに戻す。何かを堪えているような横顔に、子供っぽさと、大人びた近寄りがたさが入り混じる。

あれが逃走計画だったとして、ユージンはどこまで行くつもりだったのだろう。そう考えると、草は彼の最期の瞬間を思わずにいられなかった。その脳裏には何がよぎり、光を失う寸前の瞳には何が映ったのか。死の恐怖や、火のような悔しさ、床に広がってゆく血だまりでないことを祈る。せめて、愛した人の面影や、夢見た異国の開放的な喧騒だったなら――。

少年の頃のユージン、三歳で逝った息子良一のあどけない顔が交錯し、草の胸を締めつける。用水路に落ちた我が子の最期を繰り返し想像するうちに、それは自身の記憶であるかのように心に焼きついてしまっていた。きらきら光る水面、一人歩いては投げ入れるたんぽぽ、ただすれ違っていった老人や小学生の女の子たち、足を滑らせた瞬間、無慈悲に泡立つ水、絶望的な息苦しさ。

あれだけの思いをしておいて、ユージンに何もしなかったのかよ。

良一が傍らにいて草を責める。おかしなことに良一は十六、七の生意気盛りで、その頃のユージンの背格好だ。

「どうかしてるわね……」

草は脂気のない両手で顔をひとなでした。

後方でドアが開き、争うような声が流れ込んできた。

飲食物の包みを開ける音や談笑に混ざって不穏な声がしていたようだったが、空耳ではなかったのだと草が悟った時には、後ろから走ってきてしゃがみ込んだキョウカに左腕を強くつかまれていた。

「京都のホテルにジュンを匿って。すぐに迎えをやりますから」

え？　――草が何か思う間もなかった。キョウカは、血に汚れた手で携帯電話を自分の座席の大振りなハンドバッグへ放り込み、何度かジュンの方を見た。そうしてまた走り出し、前のドアから出ていった。

黒っぽい服装の男二人が、キョウカを追って通路を駆け抜けていく。先を行ったのは黒いニット帽の男、後ろの男はそれより背丈が低かった。どちらも、機敏に身体の動く年齢だ。

キョウカの唇の端と、トレンチコートの上から押さえていた左脇腹は出血していたし、一番後ろを行った男は右頭部に怪我をして血を流していた。事態に気づいた言葉にならない声がどこかで上がったが、反対側の窓辺の大柄な乗客はイヤホンをして目を閉じ、飲食物の包みをがさごそさせる音や談笑も聞こえ続けている。

呆然として横を見やった草は、我が目を疑った。ジュンがいない。自分の旅行鞄があり、道行コートがだらっと広がっているだけだ。

が、広がっていた道行コートが床面のほうから盛り上がってきて人形になった。

ジュンは前の座席との間に小さくなって、追手から身を隠していたのだった。そうして、次に何が起こるのか知っているかのように、道行コートを払いのけて車窓に張りついた。

新幹線はすでに品川駅に到着しており、乗客が乗り込んできていた。キョウカの後ろ姿がホームにあった。距離があり一部柱に隠れているが、例の男たちに腕や肩をつかまれて動けなくなっているのが見える。キョウカがふいに力なく前のめりにうずくまり、光る長細いものがホームへ投げ出される。驚いて飛びのいた若者が何か大声を発し、発車のベルが追い重なる。キョウカと男二人の周囲から一斉に人が引く。

ドアが閉まり、新幹線が発車する。黒いニット帽の男が、誰かを探す素振りのあと、肩越しに振り向いた。草はその男と目が合った。余分な肉のない殺気だった顔が、不自然なほど大きく目を見開く。男の視線は草の顔から下へ。ジュンを見つけたのだ。いつの間にかジュンに覆い被さるようにして窓ガラスにとりついていた自分に、草はやっと気づいたものの、凍りついたように動けなかった。

列車が加速し、何もかもを後方へ流し去る。

小さな手が、窓ガラスに爪を立てるかのように拳を握る。

「ムロハシ……」

唸るようなつぶやきが聞こえた。

ジュンが、ここにいない男の名を口にしたのだった。

2

観音像の立つ丘陵を左後ろにして、長い陸橋を渡る。

目の前は青空。陸橋の消失点は空の中だ。新しくもないランドクルーザーのアクセルを踏み込むとエンジンが唸り始め、やや上る陸橋が滑走路に思えてくる。陸橋下の、広い河原には白鷺が飛び、四車線の国道では交差点付近の工事のため渋滞が起きていた。

午後の日射しがまぶしく、一ノ瀬はハンドル片手に、車のサンバイザーを下ろして角度を調整する。背広の内ポケットで鳴った携帯電話を取り、見ずにスピーカー状態にしてコンソールトレイに置いた。コール音で久実からだとわかる。今日は一人で小蔵屋を任されているが、客が途切れて一息ついているのだろう。

「休憩中か？」

「うん。今、平気？　っていうか、運転中か」

久実の声がうれしそうだ。

一ノ瀬はカーラジオの音量を絞る。軽妙な編曲の、ジャズのスタンダードが流れていた。ありとあらゆることが起きておれに降りかかる、と陽気な声が英語でピアノと歌っていた。チェット・ベイカーの渋いトランペットのほうを聞きたくなる。

「ついでに買い物しろ、だろ」

「できたら」

「しとくよ。冷蔵庫が貧相だったものな」

「やった。買い物リスト送るね」

「わかった。晩飯は用意する」

「うれしい！」

「リクエストは？」

検討する沈黙が流れる。一ノ瀬は声にせず笑った。久実はけっこう何事にも真面目だが、特に食べることには真剣だ。陸橋の終わりで二手に分かれる道を、商業施設の多い左へ進む。

「豚肉のタジン鍋がいい。カレー塩付き」

「ラジャー」

しゃぶしゃぶ用の黒豚と何種類かの野菜を切って円錐形の蓋の土鍋で蒸し焼きにするそれは、たとえカレー粉と塩を炒めてカレー塩を用意したとしても、でき上がりまで三十分というところだった。久実はこんな平日の忙しい時、安上がりで手間がかからず、そこそこ旨い料理を必ずリクエストする。

「あっ、お客さんが。じゃあね」

一ノ瀬は電話を切り、遮断機の前で停車した。なかなか来ない二両編成の私鉄を待つ。先に久実の大好きな洋菓子店へ回り、五時を過ぎれば売り切れ必至の人気ケーキ「ストロベリードーム」を買っておくことにする。その店の水色の箱を目にしただけで飛び上がって喜ぶ久実を思う。

昨年秋から一年契約で借りているマンションには、いわゆる豊かな生活に必要なありとあらゆるもの――十八階から一望できる空と山、金属と木材を多用したシンプルな内装、寝心地のいいベッドにソファ、シャワーブース付きバスルーム、コンパクトなエスプレッソマシン、タジン鍋やドイツ製ハンディミキサーといった料理道具に至るまで――が揃っていた。

広い2LDKのうち、ホテルのツインルーム並みの一室だけを五万円で借りたに過ぎなかったが、リビングダイニングやキッチンなどにあるそれらをオーナーは自由に使わせてくれる。シンガポールへの予想外の転勤でマンションを空けることになった五十代の夫婦は、多少の雑用をこなす条件をつけたにしても実に鷹揚だった。小蔵屋とそこで働く久実を信用し、同棲でも厭わなかった。子供がいないから若い人と知り合うのが楽しい、とも言った。

あの部屋は快適だ。

ただ、契約の切れる今年の秋を思うと、時を刻む音が聞こえてくる。

――子育てには体力が要るなあ。

あれは子供のいる友人宅に招かれた帰りで、久実は助手席に座っていた。

時限付きの今の暮らしに後悔はないが、その先はどうなのか。結婚、子供、舵取り困難な一ノ瀬食品工業、結婚するならうちで働けと久実に迫る親兄弟、おそらく生涯相容れないだろう両家の親族。ここでの未来は予測でき、冷やかに家族と距離をとってしまう自身の姿も想像に難くなかった。距離をとらなければ、とても正気は保てない。

一人山へ登る自分をまた思う。深い緑と土の香、自分だけの山靴の音。山から与えられる容赦ない厳しさ、忘れがたい祝福。思わずに済めば楽なのかもしれないが、これればかりはどうしようもない。

慕って山へついてきて事故死した弟の顔が浮かぶ。言葉数より一眼レフのシャッターを切るほうが多いようなやつだが、言うことは的を射ている。

誰も幸せにしたことがないよね。

あいつなら、そう言うはずだ。

「そうさ」

人並みがいかに自分にとって難しいか、自分自身が一番よく知っている。

今度は彼女を犠牲にするのかい？

亡弟の幻の声に、一ノ瀬は首を小さく横に振る。

踏み切りの向こうの運転手が大欠伸(おおあくび)をし、バックミラーに映る軽自動車から紫煙が吐き出され、やっと二両編成の電車が走り抜けていった。いやに長く待たされ、いざ来てみればおかしなほど短く終わるそれは、カラフルで子供っぽいイラストに埋めつくされていた。

遮断機が上がり、ラジオが四時台のニュースに変わる。

一ノ瀬は、左右を確認してからアクセルを踏む。

地元FM局のパーソナリティーが、朝から何回も聞いたニュースを中断し、飛び込んできた速報を伝え始めた。さきほど品川駅のホームで人が刺された模様です、と言う。一ノ瀬は東京に暮らす、あるいは東京方面へ出かける多くの知人を思い浮かべ、カーラジオの音量を上げた。

「本日、午後二時四十分頃、東京の品川駅の新幹線ホームで人が刺される事件が発生しました。被害者は二十代後半から三十代と思われる女性で救急搬送されました。凶器は刃渡り約二十センチのナイフ、犯人とみられる男二人のうち一人が逮捕されましたが、もう一人は逃走中です。逃走中の男は黒いニット帽を被り――」

パーソナリティーの声に重なって、携帯電話が鳴り始めた。信号待ちで取り、スピーカーモードに切り替える。辺見からだ。

「よお、どうだ」

「どうって、午前中に駅前で会ったじゃないですか」

電話の向こうで、辺見が軽く笑う。

ラジオがうるさいな、と聞こえたが、一ノ瀬は無視した。

「仕事ないか」

「あれば、こっちから連絡しますよ。でも、それじゃ金にならないでしょう。生涯、おれへのつけを払う身なんだから」

「違う。就職口だ」

「探偵社をたたんで転職ですか」

「ここにまともな職があったら、遠くへやらずに済む」

辺見の口調が、めずらしく神妙だった。

「ああ、今朝の」

今日駅で見送った、バックパックにジーンズの男をどこへもやりたくなかったということか——一ノ瀬は、辺見のこういうところが嫌いではなかった。

「あれとは別だ」

お盛んなことで、という茶化しを呑み込む。複数人と付き合っていても、不実と思わせないところが辺見だった。そもそも相手にそれを隠さない。

むしろ、おれのほうが質（たち）が悪い、とさえ一ノ瀬は思う。

「辺見さん、おれによくものを頼めますね」

「面の皮が厚いのも、かわいいもんだろ」

地元のFM局は、予定されていたニュース原稿に戻っている。結局、品川駅刺傷事件の被害者名は放送されなかった。

「ところで、品川駅で女性が刺された今の事件、被害者の氏名とか知ってたりします？」

「知るか。なんだ、あっちにも付き合ってるのがいるのか」

どうでもいいような会話の末に、一ノ瀬はため息を返す。

「じゃ、就職口な。よろしく」

辺見はさっさと電話を切った。

「何がよろしくだよ」

一ノ瀬は信号を右に折れ、洋菓子店前を過ぎ、その脇に二台分ばかりある専用駐車場へバックで停める。道からも眺められるショーウインドウ状態のショーケースに、まだストロベリードームが二つ並んでいたのが、運転しながらでも確認できた。

一ノ瀬はランドクルーザーのエンジンを切ったものの、辺見を思うとすぐ降りる気になれなかった。あの男なら、グレードの高いマンションや人気のケーキみたいなものを必要としない。おれのところに来いと言い、相手が満足するまで抱きしめてやり、出ていくと言われれば呑むに決まっていた。

実際、辺見の家は狭いマンションだが居心地がいい。

内装は全体にグリーン系でまとめられ、ダブルベッドがある寝室とソファベッドまわりは深い眠りに誘う無彩色だった。翡翠色の棚や壁に囲まれた黒いソファベッドで目を覚ますと、ダークグレーのクッションや毛布の向こうに、窓の両側へ寄せられた針葉樹色のカーテンと街路樹の裸木が見えた。辺見を育てた祖母が遺したマンションだと言っていた。二人目の夫と晩年を過ごした場所だったが、夫を看取って一人きりになると施設へ移り、孫の辺見に全面改装するよう命じて譲ったのだそうだ。

——きれいさっぱり、なんにも残したくないの。

嗄(しゃが)れ声をまねた辺見は、自分で淹れたコーヒーを啜って愉快げに顔をほころばせた。

——昭和一桁生まれの婆さんが言う台詞か？

憧れているように聞こえた。

本当にそうなのだろう。だから、あの部屋には祖母のみならず家族を思い起こさせるようなものは何もなかった。辺見の好きに改装した部屋というより、祖母の願いが叶えられた場所だ。辺見の持ち物をどこかへやってしまえば、あの男の気配さえ消え去り、部屋を気に入る人間なら誰でも、以前からそこにいたような顔をして暮らせそうだった。

駅の交番に配置換えになった遠藤は、あの部屋を懐かしく思い出すのだろうか。

一ノ瀬は、数回しか見たことのない遠藤をよく覚えていた。

遠藤は一見サラリーマンタイプの優男(やさおとこ)だった。

見た目と職業のギャップが、遠藤の印象を深くするのかもしれない。

早朝にジョギングしてシャワーを浴び、ネクタイ姿でオフィスに座る、そういう平穏な生活を思わせる外見だったが、実際は銃を持ってビルの一室に踏み込み、不意打ちをくらっても平然と相手を取り押さえる腹の据わった刑事だった。大金が動くポーカー賭博を裏で開いていた会員制ビジネスセミナーが摘発されたあの日から二年、いや三年か。

金と情事の不祥事で警察をひっそりと去った辺見は、アルバイトの内装業者や警備員として、遠藤の先回りをするかのように現場にいた。

もっとも、一ノ瀬はあとになってすべてを知ったに過ぎない。

夜間警備中の辺見を訪ねてきた遠藤に気づいたのが、彼を目にした最初だった。

残業後に帰ってゆく女たちが目を奪われていた。確かに、ビル裏口の外で話し込んでいた彼らは見栄えがよく、特に均整のとれた遠藤は——もっともこの時名前は知らなかったが——まとっている静けさが魅力だった。遠藤の声は受付窓を開けていても警備員室には届かず、聞こえるのは辺見の、いまさら、はあ？　といったがさつな応答に過ぎなかった。二人は難しい顔をして時々ビルを見上げ、最後は耐えがたいとでもいうかのように遠藤が辺見に背を向けた。仕事に戻った辺見は、巡回してくると言っただけだった。

二度目に遠藤を見たのは——正確には声を聞いたのはということになるが——辺見のマンションだ。

朝の五時に警備のアルバイトを終えると、飯を作るよ、酒もある、と辺見から部屋に誘われた。

マンションは駅からそう遠くない城址の近くにあったが、用でもない限り通らない道沿いだった。実際、自分の車を置きっぱなしにして辺見の車に同乗した一ノ瀬は、初めてその道に入った。低層のかなり古いそれは正面から見ると各階に縦長の窓が六つ、堅牢な造りの上に天井高があり、向かいの駐車場で車を降りてもしばらくそこから眺めたほど面白味があった。アーチ型の入口を備えた欧風ファサードのコンクリート建築は、昭和然とした家屋や店舗がひしめく中にあって、別の時を刻んできたかのようだった。

「こんな建物ありましたっけ」

「ヨーロッパへ留学した建築士が趣味で建てたそうだ」

「へえ。余裕あるなあ」

「資金と土地を提供したのは、半分ヤクザの不動産屋さ。金は使いようだ」

辺見は、エメラルドグリーンのタイルが貼られた、一人立てばいっぱいの狭いキッチンで、皮の芳ばしい鶏肉のソテーと削り立てのパルメザンチーズをかけたシーザーサラダといった、朝七時前にしてはボリュームのある食事を用意し、白ワインを一本添えた。食べ始めると、うーん、と隣室から眠そうな男の声とベッドの軋む音がした。誰なんだと一ノ瀬は目で訊いたが、辺見は答えない。

「朝食、起こさなくていいんですか」

「いい。なんなら、一ノ瀬もそこで寝てけよ。ベッドになる」

辺見が顎で示したのは、黒いソファだった。

その時、玄関の鍵を開ける音が聞こえ、辺見はワイングラス片手に出ていった。

誰がいる、と男が訊き、関係あるか、と辺見があしらう。リビングダイニングから玄関は見えない。声が聞こえるのみだ。一ノ瀬はシーザーサラダを頰張りながら、辺見と自分の脱いだ靴のみ出ていた、段差のない玄関を思い出していた。

「終わらせる気なのか、本当に」

辺見は無言だった。

「本気なんだな」

「おれは、いつだって本気だよ」

そっと隣室のドアが開き、学生っぽい寝ぼけ眼の男が寝室から出てきて、素足でぺたぺたと板張りの床を歩いてきた。空いている椅子が左右にあったが、辺見の使っている椅子に座った。だるそうにTシャツの下の腹を掻き、その手で辺見の皿からレタスをつまんで口に放り込む。餌付けされた鳥のように喉元が伸び、パルメザンチーズの粉が飛び散った。ぼさぼさの髪から覗く目が、一ノ瀬を見て笑っていた。

「遠藤さんのこと、知ってる？」

ささやき声の質問に、一ノ瀬は首を横に振った。その時はまだ、アルバイト先で見た男が遠藤であり、マンションにまで訪ねてきているとは知らなかった。

「妻子持ちなんだ。今頃、最後の抱擁さ」

若い男は丈の短いジャージから出た膝に顎を載せ、一ノ瀬の反応を観察していた。

「あなたは、いつから辺見さんと？」

「おれはバイト先が一緒なだけだよ」

「隠さなくていいんだ。遠藤さんだって、警察で一緒だったわけだし」

おれは本当に違う、と一ノ瀬はもう一度穏やかに言ったが、若い男は鼻で笑った。

「辺見さんが一人のものにはならないのは知ってる。まあ、気楽だよね、こっちもさ」

一ノ瀬は否定するのも飽きて、白ワインを飲んだ。辺見を面倒な人だなと思ったが、飯も酒も旨く、帰る気にはなれなかった。

「あの人、遠藤さんにだけ冷たいんだ」

男の細い中指が、ワイングラスの縁をそっとなでる。

遠藤が帰っていったらしいドアの音がして、辺見がテーブルへ戻った。若い男に席を譲り、空いていた冷たい席に座る。自分のグラスや皿から、若い男が食べたり飲んだりするのを許す様は、はからずも十代で子持ちになってしまった父親みたいだった。

「遠藤だよ」

辺見は誰にともなく言った。

「この間、ビルの裏手へ来たやつだ」

今度は一ノ瀬を見る。

ああ、と一ノ瀬は合点がいったという返答をし、一応若い男の顔を見もした。だが、そのこと自体にさほどの興味はなく、場違いにも、娘ができていたのも知らずに十代で逝った弟のことを考えた。辺見の年齢まで生きた弟を思い描き、いずれ娘とこんな朝を迎えたのかもしれないな、と。

ソファベッドの上で目覚めた時には、もう昼下がりで誰もおらず、部屋の鍵がテーブルに置いてあった。持っていていい、とメモがあった。

「きれいさっぱり、なんにも残したくないの」

辺見が祖母の嗄れ声をまねてコーヒーを啜ったのは、鍵を返しに行った別の日のことだ。

辺見は、アルバイトが休みで寝起きだったが、いやな顔をしなかった。

それどころか、十二月で内装業や清掃業のほうが忙しく夜間警備のアルバイトを休んでいた一ノ瀬を労い、まあ外で飯でも食おう、おれも腹がへった、と居酒屋で奢ってくれた。

店主の女房が元警察官だという路地裏の居酒屋は、カウンターと小上がりの狭い店に客がひしめいていた。だが、辺見が現れるとカウンターの男二人が席を譲り、小上がりの仲間のところへぎゅうぎゅう詰めになりながら交ざった。悪いな、と辺見は彼らに言い、彼らは笑みを浮かべ、なぜか店主の女房も、いいんですよ、と微笑む。焼酎のお湯割と突出しが出たところで、一ノ瀬はカウンターに鍵を出して辺見の方へ滑らせた。

「酔わないうちに」

だが、辺見は一ノ瀬に鍵を握らせた。

「持ってろよ。街にいる間、便利だろ」

そうして、別にとって食やしない、と一ノ瀬に耳打ちした。

カウンターの向こうから次の料理を出した店主の女房が、あら、普段どちらなんです

か、と興味津々の様子で訊くと、

「山だ。彼は山男で、登山のために働いてる」

と、狭い店に響く声で答えもした。

この時には辺見も、一ノ瀬が春から秋は県北の山間部にある温泉旅館に住み込み、冬は町場で働いて登山資金を稼いでいると知っており、それを一ノ瀬に代わって楽しそうに話して聞かせた。小上がりのほうからも、へえー、とか、うらやましい、とかといった声が上がる。

「一ノ瀬は、おれたちと違って高尚なんだ」

辺見は小上がりのほうを振り返った。

他の客とずいぶん親しいんだな、と思って一ノ瀬が店主の女房を見上げると、胸当てエプロンの大柄な彼女は、もとの職場仲間、と小声で教えた。その店は警察官のたまり場になっていたのだった。

「ずいぶん、安全な店ですね」

一ノ瀬の冗談に、ふふっ、と彼女は笑う。

居酒屋のあとに寄ったワインバーでも、辺見のところへ赤ら顔の男たちが入れ代わり立ち代わりやってきた。訊けば、警察官ばかりだった。ある者は一ノ瀬の肩を親しげに叩き、ある者は例の居酒屋が満席で入れなかったと言ったあと、

「ああ、彼が一ノ瀬くんか。こりゃ、確かにいい男だ」

と、にやついた。それから店内を見回し、同僚らと視線を交わした。いちいち芝居がかっていた。

「なあ、遠藤は？」

「さあな」

辺見は微笑み、一ノ瀬を見つめた。

千鳥足の男がつまらなそうに行ってしまってから一ノ瀬は、おれ何か勘違いされてませんか、と辺見に言ったが、

「言いたいやつには言わせとけ。そうすりゃ、人生の大半が楽になる」

と、とりあわない。辺見の笑みは、千鳥足の男が背を向けた直後にすっかり消えていた。

「それで、おれは一人で街へ出た」

辺見は話をもとに戻した。

その時は、中国返還前の香港の話をしていた。年嵩の男と旅に出た未成年の辺見は——お祖母さんがよく許可しましたね、と一ノ瀬が言うと、止めたって行くだろうから止めないって理屈だ、と辺見は笑った——男が熱を出してホテルで寝込んでいた間に、一人でろくに言葉も通じない街へ出かけたのだという。

「そうすると、中国語で次から次に話しかけられるんだ。日本語で返すと、おやって顔になる。どうも、おれは中国系の現地人にしか見えなかったらしい。外見は当てになら

ないとわかったよ。見た目で悪党の目星がつけば、捜査も楽だが」

現役警察官みたいな口調だった。

「勘が働くでしょう、十年、十五年のプロなら」

「どうかな。おれは、わからなくなる一方だった」

辺見は話題が豊富だ。

その時も、当時の香港の活気と混沌を語ったかと思えば、老酒(ラオチユウ)漬けの上海蟹の話へ、さらに県内の酒蔵が作るもち米を使った甘みのある日本酒の旨さへ続くといった具合だった。それに登山に興味を示し、一ノ瀬が乞われて話すと静かに耳を傾けた。

一方、辺見は沈黙も多い。

遠藤との無理な別れに傷ついているようにも、感情の回路が切れて空っぽのままぼうっとしているようにも見えた。修行僧か受刑者を思わせた。何を捨て何のためにここにいるのかと、こちらから問うのをためらわせる顔つきだった。ここにないものを見つめているような辺見の、眼差しや形のよい額の辺りを、なぜか一ノ瀬はいくらでも眺めていられた。

翌年一月、三度目に現れた遠藤は、違法賭博の現場へ踏み込む警察官の一人だった。

後日の報道では、高額レートのポーカー賭博を開いていた会員制ビジネスセミナーの経営者と参加者、資金源にしていた暴力団組員らが芋づる式に十数人逮捕されたとあったが、夜九時過ぎのビルから手錠をされて出ていったのはビジネスマンふうの中高年五人のみだった。

二階の会員制ビジネスセミナーには、定員五十人のセミナー会場の奥にカウンターバーのあるラウンジが併設されており、警察はそこへ踏み込んだ。出てくるまでわずか数分、容疑を述べるといった二、三の大声しかせず、ドラマのような盛り上がりはまったくなかった。

巡回しながら階を降りてきた一ノ瀬が目にしたのは、制服を含む警察官五、六人と、共用のトイレ前で暴れる男を取り押さえた遠藤、場馴れした様子で警官にまじって現場へ入っていく辺見の姿だった。

「警察が来たなら、連絡くださいよ」

がら空きになったビル裏口の警備員室に一ノ瀬が戻ると、間もなく辺見もやって来た。

「そうだったな。管制には連絡してある」

「表も裏も警察が固めてる。賭博ですって？」

「ああ」

私物を入れたロッカーの方へ行った辺見は、受付窓から頭を出した一ノ瀬の後ろにいた。警察車両の赤色灯が、右の裏口、左のずっと先にある正面口を赤く照らしていた。

「ずいぶん地味な賭博場ですね。夜間に人がいるわけだ」

「いざとなりゃ、窓から飛び下りて逃げられ――」

辺見が何か落とした音がした。

正面口の方から来た遠藤の姿があった。

遠藤が来たと教えようとした一ノ瀬は振り向き、辺見が札束を拾ったところを目撃した。一摑み、三百万円はあった。どこから持ってきた金かは、張りつめた空気が教えていた。二人は目が合ったが、辺見は何事もなかったかのようにその金を自分の軽量素材のバッグに押し込んだ。警備室前に現れた遠藤もおそらく、いや、絶対にその様子を見たが、一ノ瀬のほうへ声をかけた。

「きみだったのか」

みんなが見たという辺見さんの恋人は、きみだったのか。

気色ばんだ顔に、そう書いてあった。嫉妬だ。

一ノ瀬の制服の左胸には、警備員のＩＤカードがぶら下がっていた。

そんな場合かと一ノ瀬は辺見を左手で示したものの、声にならなかった。遠藤と辺見にとって押収すべき金の着服は常態であり、また遠藤からすれば辺見と深い仲ならそれを知っていて当然なのであって、だからそんなことより恋愛感情のほうが問題なのだ。同じ場にいて、見ているものも感じていることもあまりにかけ離れている。そう思ったら力が抜けて、椅子に座り込んでしまった。

遠藤は無言で辺見とにらみ合い、いたたまれないといった素振りでビルを出ていった。

「どうなってるんだ……」

この男の、一体何を見ていたのか。

一ノ瀬は、辺見に対する自分の感覚を初めて疑った。

「署内の何人でその金を分けているんです」

「なぜ、そう思う」

「そうでなければ、ごまかしきれやしないでしょう！」

声がでかい、と辺見が穏やかに咎めた。

「遠藤は一度も受け取っていない」

「遠藤、遠藤って……。辺見さん、おれを飲みに連れ歩いて何してたんだ」

辺見は答えず、金についての口止めもしなかった。

金の着服と職場での不倫。

二つの疑惑のため警察をひっそりと辞めたあと、辺見はもとの職場にはびこる醜聞の一つをガセだと思わせるために、アルバイト先にいた警備員一ノ瀬公介を本命の恋人に仕立てて遠藤を守った。その程度の推測はつく。だが、守られたはずの遠藤のあの表情は、辺見の心変わりに打ちのめされていたようにしか見えなかった。

「まったく、どうなってるんだ」

長い業務報告を終えた翌早朝、一ノ瀬は辺見の跡を追った。当然、自宅マンションへ帰るものと思ったが、辺見は逆方向へ車を向けた。着いた先は――。

「ほら、ストロベリードームあったわよ」

「ほんとだ。ママ早く！」

うれしそうな声に、一ノ瀬は我に返った。

洋菓子店へ駆け込んでゆく若い母親と幼い女の子が、フロントガラス越しに見えた。二人はお揃いのような水色のダッフルコートを着て、手をつないでいた。

さて、ストロベリードームがなくなったショーケースから何を選ぶか。

一ノ瀬は考えつつ、車のドアを開ける。

第三章　湖に降る

1

新幹線が、がたがたと揺れた。

連結部近くに一人立つ草は、壁に手を突いて身体を支える。電話に耳を澄ます。もしもし、杉浦様、とホテルのフロントの呼びかけが聞こえてきた。疾走する列車の乗降ドアの小窓には、曇天と田畑が流れてゆく。

「はいはい、聞こえます。実は、今日男の子が一人増えるので」

品川駅以来、ジュンには何を訊いても首を横に振るばかりだった。

「できましたら、ツインに変更していただきたいんです」

話の途中で、また相手の気配が遠ざかる。線路の左右に、冬色の小山や雑木林が迫る。どうも電波の具合が悪く、話がほとんど通じていないのだと草にもわかった。もしもし、という呼びかけが、また遠くから戻ってくる。

「は、はい」

「お客様ですね。でしたら、さきほど——お見えになり——た」

客が来た？

途切れ途切れの話に、草は答えあぐねる。男たちに追われ刺された彼女がもう迎えをよこした？　まさか。早すぎる。大体、意識があるかどうかもわからない。それに、あの人はハンドバッグと携帯電話をわざと置いていった。目的は定かでないけれど、その分、他との連絡は取りにくくなるはず。

だが、確かにキョウカはこう言ったのだった。

――京都のホテルにジュンを匿って。すぐに迎えをやりますから。

そうして、ジュンは品川駅での事件を前に、窓ガラスに爪を立てるみたいに拳を握り、こうつぶやいた。

――ムロハシ……。

つまり、キョウカとジュンの二人は室橋に関わりがあり、亡きユージンを知っていて彼の残した計画どおり逃亡中であり、しかも着物姿の老婆がどこの誰か、京都の定宿がどこかまで承知の上で近づいてきたのだ。それは、誰に問い質さずとも自明のことだった。

それにしても、と草は首をひねる。左手首の内側を覗き、小さな文字盤の腕時計に目を凝らす。東京を出てまだ二時間ほど。一体、誰がホテルに。

草は、もしもしと呼びかけ、電話が通じているのを確かめる。

「あの、たずねていらした方のお名前は」

「申し訳ございません。おたずねしたのですが、また来ます、とおっしゃられて」

「となると、どなたかしら。何人かとお約束していて……」

約束などなかったが、どんな人物だったか知りたかった。

「男性でしょうか」

電話はやや遠くなったが、はい、と聞こえた。

「二十代後半から三十代くらいの方ではないかと」

「服装は」

「黒系統のカジュアルなお洋服でした」

訊けば、荷物はなく手ぶらだったという。追手の男たちが彷彿とした。

「ああそうですか、なんとなくわかりました」

草は一拍置いてから、申し訳ありませんが急用で、とホテルをキャンセルした。携帯電話を胸に当て頭をめぐらす。

子供の迎えは、京都市内の他のホテルでもかまわない。この年寄りを小蔵屋の杉浦草だと知る者なら、必ず携帯電話に連絡をよこすはず。いや、違う。宿泊先に室橋の手下が現れたのなら、京都駅自体が危ないのかもしれない。あとから東京を出た新幹線も数本がこの遅い列車を抜き、京都駅に先に着く。待ち伏せの可能性も——。

後ろの四号車のドアが開いた音がして、電話する男の声が聞こえてきた。

「復唱します、イシイジュンくん、十歳」

草は聞き耳を立てた。三号車右後部の乗降ドア付近からそっと移動し、壁面の角から声のする後方を覗き見る。

車掌が立ち止まって電話していた。

「お父さんは、ムロハシさん」

草は耳を疑った。ユージンに子供がいたのか。でも、そんな話は聞いたことがない。

「そうですか。お父さんから連絡が」

ゆらっと、列車が揺れる。

「お母さんがいないというのは……はあ、なるほど、複雑ですね」

父親は生きているほうの室橋なのだった。草は少年のユージンにジュンの姿を重ねていた。室橋から容赦ない平手打ちをくらった、あの時のユージンに。

「あの子の父親も、あの室橋……」

思わずこぼれたつぶやきが、胸に重くのしかかる。

車掌は身体をほとんどこちらに向けたまま、ドアの小窓越しに後ろの車両内をしきりに見ている。品川駅を出てから用心のため、草はジュンと数回車両を移動して座席をかえていた。

「高齢女性と。……着物姿。見ました。ええ、はい……男児は小さめ……そうすると、小学二年生くらいの体格でしょうか」

車掌は相変わらず、背後の四号車を気にしていた。

室橋自身が動き、父親としてジュンを追っている。しかも、ジュンはこの新幹線内に着物姿の老婆と乗車していると知れてしまったのだ。

動悸のする胸を押さえた草に、逃げ場はなかった。三号車の中へ行こうと、すぐそこのトイレへ逃げ込もうと、必ず車掌に見られてしまう。

草は奥歯を噛みしめた。今は、親の権利の強さが恐ろしかった。非道な室橋について赤の他人が鉄道会社を相手にどう訴えようと、おそらく、少なくとも一旦は、子供が父親の許へ連れ戻されてしまう。なお悪いことに、室橋からすれば、自分からの逃亡は裏切りだ。息子にどんな仕打ちをするか、常人には計り知れない。

「ところで品川駅の事件ですが、女性は？」

車掌が顔の向きを戻す。

草はあわてて壁の陰に顔を引っ込めた。車掌の口調をいぶかしく思った。品川駅の事件と父親が捜す十歳男児に、関連があるとは考えていないのか。

「わかりました。失礼します」

電話は切られた。キョウカの様子が聞けず、草は落胆して目を閉じる。

列車内に、間もなく米原(まいばら)駅へ到着するとのアナウンスが響きわたった。

草は覚悟して姿勢を正す。

問われれば、ある程度のところまで話すしかない。でも、それでいいのか。室橋にあの子を渡すなど、殺すに等しい。

自分の子。ユージン。一体、何人を殺す気？

身の内から聞こえる冷やかな声に答えられないまま、近づいてくる車掌の靴音を聞いていた。三号車のドアが開いた。がらがらとスーツケースを引きながら初老の男女が出てくる。入れ替わりに、車掌が中へ入っていく。初老の男女の陰で身を縮めた草に、車掌は気づかなかった。せっかちなんだから。バスが少ないんだ、急がないと。せわしなく言い合う夫婦らしき二人を壁がわりにして草は車掌の様子を窺ったが、下車する他の乗客も通路におり、遠ざかる車掌の制帽しか見えなかった。

草はそっと彼らの脇を抜けて、ジュンの隠れていたトイレへ急いだ。約束していた、控えめなノックを四回。それから小声で促した。

「出て、早く」

反応がない。

草はまた小声で、しかし、強く言った。

「鍵を開けて。大丈夫だから」

顔色を失ったジュンが出てきた。車掌の電話をトイレ内で聞いたのだろう。フード付きの銀色のジャケットを着て黒いリュックを背負い、キョウカの大振りなハンドバッグを胸にぎゅっと抱えたままだ。品川駅以来、キョウカのハンドバッグをどうしても離さない。草はしゃがみ込み、ジュンのうつろな視線をどうにかとらえた。

「いいかい。一緒に、がんばるんだ」

ジュンは無反応だった。十歳には見えない小さな身体。絶望を知っている顔つき。その落差があまりに哀れだったが、同情している暇はない。

草は自分がいた方を見やった。夫婦らしき初老の二人は、乗降ドアの方を向いてまた何か言い合っている。

「あのおじさんとおばさんの孫みたいな振りして、次の駅で降りるの」

ここまでの二時間も、別の客の子供や孫のような素振りをさせてジュンをあちこちに座らせ、草は少し離れて見守ってきた。着物姿の老婆と一緒では目立つ。品川駅で目が合ったあの追手の、殺気だった視線に教えられたのだ。

「切符は持ってるね」

ジュンはズボンのポケットから切符を出し、まだ京都じゃない、とつぶやいた。的外れな警戒心から見せまいとしたようだが、それでも「新大阪」の文字の一部が垣間見えた。

「京都は危ないから、次の駅で降りるの。大丈夫。堂々と行きなさい。私は、あっちのドアから降りる。バス乗り場で会おうね」

「バス乗り場……」

草は心とは裏腹に、力強くうなずいて見せる。

多くはない客にまぎれて、米原駅で下車した。歩調を加減して、銀色のジャケットに黒いリュックのジュンを視界に置く。先を急ぐ例の二人連れのあとに、ジュンはうまくついて歩いていた。引きずられるスーツケースと歩調を合わせ、時々小走りになって。品川駅以来離さないキョウカの大振りなハンドバッグも、こうなると祖母の荷物を持ってあげているかのように映って悪くない。三人連れを装うジュンが草より先に自動改札に入り、新幹線改札口を抜ける。草も隣の自動改札を抜ける。が、機械が大きな音で鳴った。はっとして振り返ってみると、戻ってきた券を取り損なっていたのだった。長距離で途中下車したのだから乗車券が戻って当然だったが、そんなことは失念していた。ジュンはきちんと券を取ったに違いない。目の端に、精算所の方から近づいてくる駅員の姿があった。

草は駅員の方を見ずに乗車券を取り、歩きだしてから息をついた。

「あの子のほうが、しっかりしてる」

こぢんまりした駅のことだ。草が表へ出ると、バス乗り場にいたジュンが駆けよってきた。

雲がのっぺりと空を覆っていたが、日が長くなった分、多少の明るみは残っている。草は和だし風味のラーメンを啜る。食欲はなかったが、昼食抜きの冷えた身体にはさすがに何か入れなければならない。昼食のつもりで買ったカツサンドは、結局、旅行鞄の中だった。

店の壁掛け時計は、五時半になろうとしていた。窓際のテーブルにいる草とジュンの他に、まだ客はいない。店員も厨房に引っ込んだきりだ。

「ラーメン、おいしいわよ。うどん屋さんなのに、意外」

タクシーに頼んだのはラーメン屋だったが、看板はうどん屋だった。運転手によれば、この店の息子がラーメンを裏メニューとして置いてみたところ好評で、傾きかけた店が持ち直したのだという。外壁に政治家のポスターが何枚も貼られた店舗には、草の希望どおりテレビも点いている。

割り箸すら手にせず、キョウカのハンドバッグを抱きしめてうつむく向かいのジュンに、草は遠慮なく本当のところを言ってみる。

「しょぼくれてたら、喜ぶのは室橋だよ」

ジュンが弾かれたように、顔を上げた。草はレンゲでスープを啜る。

「私はね、自分が食べたら、大事な人も元気になる。そう思って食べるの」

そんなのみんなが死んじゃったら、とジュンが口ごもる。

「死んじゃっても。うちの子、きょうだい、両親、みんなあの世だもの」

たとえ一人残されても、生きていかなければならない。そのためには自分自身を励ます理屈が必要なのだ。が、ジュンは急に表情を変えてにらんでくる。

何言ってるんだよ、このババア。

そう顔に書いてあった。怒る元気があれば大丈夫だと思い、草は次々麺を口に運ぶ。

奥の小上がりの大型テレビには、つぶ餡のごろっとした玉を砂糖衣で包んだ素朴な和菓子が映っている。夕方の報道バラエティ番組なのだが、全国ニュースは流れず、お笑いタレントが京都の和菓子店をめぐっていた。

「キョウカさんの荷物、見せて」

草は箸を持ったまま、空いているほうの手を差し出してみた。

彼女の氏素性、逃走計画などの手がかりがほしい。

が、反応は前と同じ。ハンドバッグを抱えるトレーナーの細い腕に、ぎゅっと力がこもっただけだ。銀色のフード付きジャケットは暗赤色の裏地を見せて、隣の椅子にリュックと無造作に置いてあった。

草は左手をテーブルに戻し、これまで何回か繰り返した質問をまた続けた。

「ユージンのこと、知ってるわね。私のことも」

見つめてくるだけのジュンの顔を、ラーメン越しに覗き込む。

「京都で誰が迎えに来る予定なのか、本当に知らない？」

子供にいっそう顔を近づける。

「じゃあ、東京を出てどうする計画だったの？」

ジュンは口を開かない。

「ねえ、何でもかまわないから、知っていることがあったら教えて」

新幹線内とは違い、ジュンが今度は首を横に振ることすらしない。キョウカ、亡きユージンの二人から何も話すなと言われているのに違いなかったが、この頑固さには草もお手上げだった。

客が一人、二人と増えてきた。そのたびに出入口のセンサーが、ポロロンと鳴る。草はラーメンを食べ終え、水を飲んだ。器を隅に寄せ、テーブルに手を置いて身を乗りだし、あらためて顔をジュンに近づける。もうどの卓にも客がいる。小上がりから笑い声が響く。

「いいかい」

どこを見ているのかわからない黒い瞳を、草は必死にとらえた。

「私たちは、年寄りと子供。どっちも弱々しくて一人前とはいかない。二人合わせて、やっと一人前ってところかもしれないね。だからこそ、わかっていることは全部並べて、知恵を絞る必要があるの」

ジュンが目をそらした。丸い鼻が横を向く。

「助けてくれる人だっている。直に、折り返しの電話をくれ……」

ジュンの目が、なぜか見開かれた。草はジュンの視線をたどった。その先にはテレビがあり、夕刻の混雑する駅の光景と「品川駅刺傷事件」「30代と見られる女性は病院へ搬送　命に別状なし」という文字が映し出されていた。草が胸をなでおろすと同時に、割り箸を割る音がした。テーブルでは、ジュンが薄切りのチャーシューを頬張っていた。左手で涙を拭いている。その黒髪には光の輪。その輝きを見つめるうちに、草はどこにいるのかわからなくなっていった。向かいにいる子が逝ってしまった良一になり、ユージンになる。自分も嫁ぎ先の米沢に、あるいは東京のどこかにいて、何歳なのか定かでなくなる。痛みを伴うそのやわらかな感覚が胸をとらえて離れなくなりそうで、草は静かに深呼吸した。

「連れ去りやて」

旅行鞄からポケットティッシュを出した手を止めた。

テレビ画面には、新幹線らしき車窓を外から写した静止画像と、「老女による男児連れ去り事件　二つは同時刻　関連が？」の文字があった。見る間に画像の一部が限界まで拡大されて粗くなり、車窓にへばりつくようにしてホーム側を見る男児と着物姿の老婆の姿が現れた。

客のおしゃべりの間から、放送の所々が聞こえる。二つの事件に関連があるかのように見せつつもその証拠に欠けるらしく、孫ほしさ、または認知症等からくる連れ去りとの見方がされていた。

「オブラートに包んで連れ去りゆうたかて、誘拐やないの」

「悪気ないんやないか？」

「そんなん、許される？」

「オブラートに包む、わかるか？」

小上がりの家族連れから、そんな会話が聞こえた。連れ去りといったところで誘拐だと主張した女性客が草を見る。草は平然と微笑み、他からも視線を感じたが、周囲には目を向けなかった。

ああ、ここが紅雲町だったなら。

考えても仕方のないことを、草は思う。久実や一ノ瀬、寺田、由紀乃の顔が浮かぶ。テレビ放送された画像のピントが甘く、顔かたちがぼやけているのが救いといえるのかどうか、今の草にはわからなかった。持ったままだったポケットティッシュをテーブルに置く。懐で携帯電話が震え始めた。着信画面を確認し、テーブルに片手をついて腰をそっと上げる。

「向こうで電話してくるわ。少し長くなる」

とうにテレビを見ていたジュンが、草の小声にうなずく。ジュンがもぐもぐしながら、不安げに微笑む。長い睫毛(まつげ)は、まだ濡れている。

「よかったね」

草は微笑んでから、足に力を込める。床の感触は遠く、自分の足がなんだか他人のものみたいに感じた。

2

六時過ぎの一富(いちとみ)梅園には、梅の花が宵の傾斜地一帯に白々と浮かび上がっていた。

梅畑の舗装道路を上がりながら、一ノ瀬はランドクルーザーの窓を開けた。花の香が風とともに流れ込んでくる。この花の時期だ。昼間は大型バスの観光客がレストランや物産店、見学可能な工場へ押し寄せていたが、今はひっそりとしたものだった。

明かりのついている事務所建屋の前で、一ノ瀬は車を降りた。

雲の切れ間に、星が瞬いている。

「寒くなってきたな」

声が白い息になる。見渡す限りの梅畑に寝ころびたい衝動に駆られる。梅花と夜空を一人見上げ、車に積んでいるクーラーボックスのビールとサラミで一杯やりたかった。眠るなら事務所の長椅子がある。だが、一ノ瀬食品工業の社員としては、そうもいかない。

事務所では、一ノ瀬の幼い頃からいる、古株の社員が待っていた。

「いやあ、公介。よかった。一杯飲む前につかまって」

「帰り着く前の絶妙なタイミングだった。さすが、むっちゃん」

「電気工事士の資格がある社員を使わない手はない」

時間外で他の者がいないところだと、つい昔からの口調になる。最近まで、一ノ瀬が家業に就いていなかったせいもあった。

梅園で深い皺を刻んできた男を捕まえてむっちゃんもなかったが、彼はここを所有する一ノ瀬家から、親しみを込めてずっとそう呼ばれていた。むっちゃんこと齋藤睦（さいとうむつみ）の亡父と伯父も梅園管理責任者だったし、今も齋藤一族の何人かがここで働いている。家族が同じ仕事にたずさわると同姓が多すぎ、自然その人々の間では、下の名前か幼い時のニックネームで呼びあうようになる。どうかすると、正式な名が思い出せないことすらあった。

「どのブレーカー？」

「下の右から二番目だ」

ベージュ色の作業着姿のむっちゃんが、節くれ立った頑丈な手で、配電盤がある水回りの方を指差す。薄い髪を耳辺りで切り揃えた、知恵者の老人のような風貌は、一ノ瀬の小さい頃からあまり変わらない。

「一回上げてみたが、すぐ落ちた。火でも出たら困る」

「ショートかな」

「あちこち見てみたんだが」

一ノ瀬は、配電盤で安全ブレーカーが落ちた回路を確認した。該当する一階事務室の、主に机や書棚が並ぶ範囲を先に見てまわる。壁の中の配線まで点検するはめになれば、簡単には終わらない。

「むっちゃん、飲むならクーラーボックスにビールとつまみがあるよ」

「運転がある」

「一人なんだ。ここでシャワー浴びて寝たっていいじゃないか」

「帰らなきゃならない」

先祖代々が暮らしてきた齋藤家には、古い神棚と仏壇があり、老いた三毛猫がいた。神棚と仏壇に新しい水をまつって祈り、三毛猫に餌をやる。よほどでない限りそれを怠らない彼が、一ノ瀬は好きだった。

——祈るのは最後だ。まず頭と身体を使え。

古い農家の耳を圧迫するような静けさと、神棚を見上げながらむっちゃんが言った言葉が忘れられない。登山の最中も、その声を聞くことがある。というより、山にいながら、あの家のあの時にいる感覚に包まれるのだ。

「送るよ。朝は誰かに乗せてもらえばいいだろ」

一ノ瀬が上着のポケットから車の鍵を出して投げると、むっちゃんは受け取ってビールとサラミを持ってきた。

「ずいぶんな量の食材だ」

「今日の夕食は、おれの担当」

一部が壁の外を這う配線、コンセント、複数コンセント付きの延長コードなどを一ノ瀬は見たり持ったりしてたどる。断線もなく、あらためて拭ったばかりなのか埃一つない。蛸足配線になっている延長コードの電源使用量も許容範囲内だった。

一ノ瀬の背後でテレビが点いた。日本海側は大雪だと、天気予報が聞こえる。

「いい人だな。僕が嫁さんにほしい」

はあ？

心の中で言って、一ノ瀬は肩越しにむっちゃんをにらみつけた。知らない間に、小蔵屋へ行って久実に接触したらしい。いい年をしてフットワークがよすぎる。

長椅子にいるむっちゃんは、こちらに薄い後頭部を向けてビールを飲んでいた。

「心配するな。ケーキは取らない」

何言ってるんだか、と思いつつ、一ノ瀬は複数ある延長コードの一本をたどり直す。黒いコードは、中ほどが大型書棚の後ろに隠れていた。コンセントに近い方から引いてみたが、ぴくりとも動かない。先は、加湿器や壁際の長机のデスクスタンドにつながっている。スチール製の書棚には、書類がびっしりだ。

「踏んでるな」

そこか、と腰を上げたむっちゃんが近づいてきて、持っていたサラミの一切れを一ノ瀬の口元へよこす。それを口で受けた一ノ瀬は食べながら、書棚上部のガラス扉を開け、分厚いファイルを抜き出しにかかる。ファイルはむっちゃんが受け取り、収納されていた順がわかるよう机に置かれてゆく。経年劣化した塩化ビニールの床材には、書棚を動かした跡が残っていた。

「これ、いつ動かしたの」

「さあな。事務の人らだろう」

「暮れの大掃除かな」

「結婚してもらえ」

一ノ瀬は、聞こえなかったふりをしてむっちゃんと息を合わせ、上半分が空になった書棚を浮かせて手前にずらした。現れた黒いコードに銅線が露出した部分があった。その床が爪の大きさほど、うっすら焦げている。被覆の薄いコードは、スチール書棚の角でつぶされ、傷ついていたのだった。

「重すぎる」

「二人なら何とかなる」

何の話だよ、と一ノ瀬は口の中で言い、車を往復して工具類を入れた箱の中から被覆の厚い延長コードを探し出してきた。

延長コードを交換し始めると、上から声が降ってきた。

「今年は少し花が遅い。実のついたあとに遅霜でもなければいいが。何事にも時期がある」

梅の花や実についてのみ話しているわけではない、含みのある言い方だった。

独身のむっちゃんに何がわかる。そう言いたかったが、言えない。

昔、むっちゃんの恋人は、別の従業員の妻になった。夫は、本社内にある食品加工機械部門の技術者。どんな経緯かはわからないが、それは事実だ。

やがて彼女は音大や留学を希望する子供たちの学費の足しにと、むっちゃんを頼って梅園でパートをするようになり、今も働いている。通訳のアルバイトもこなす彼女と、梅園一筋の男を、親友と見る人も少なくない。むっちゃんはあの人のためなら何でもする、一ノ瀬はそう感じていた。だから、むっちゃんは一人であり、二人でもあった。

一ノ瀬は配電盤へ戻り、安全ブレーカーを上げた。

しばらく待っても、ブレーカーは落ちない。

「むっちゃん、加湿器と長机のライトを点けてみて」

「わかった」

大丈夫かな、と一ノ瀬が声を張ると、ああ、大丈夫そうだ、と返事があった。

「助かったよ。ありがとう」

「お礼を言うのはこっちだよ。火事になるところだった。下手したら梅畑まで焼けちまう」

一ノ瀬は、配電盤の近くにある雨漏りらしき天井の染みを見上げる。この老朽化した事務所も設備を整えなければならないが、本社や観光向け施設と違い、後回しになりがちだった。また金か、と渋い顔をする上の兄二人が目に浮かぶ。現実を直視せず従来どおりが最善と信じる経営陣相手では、何をするにも二倍三倍の労力が要る。

「新車買うより、やることがあるだろうよ」

一人ぼやいた一ノ瀬は、書棚を元通りにするために事務所へ戻った。

久実とのことについてまだ何か言いたそうなむっちゃんから、テレビの方へ目をそらす。中型テレビは品川駅の刺傷事件について報道していた。画面がスタジオから病院前の中継へと切りかわる。

「三十代と見られる女性の被害者は、身元が不明です。ショックにより一時的に記憶を失っているという情報もあります」

「品川駅で同時刻に目撃された、この事件と男児の連れ去りは関連があるのでしょうか」

スタジオから問われた記者が、そのような手がかりは得られていないと答え、画面には東海道新幹線らしき列車の画像が映し出された。ズームされてゆく車窓の向こうには男児と着物姿の老女が立っており、ホーム側を見ている。ぼやけているが、老女が小蔵屋の草に見えた。番組は次のニュースに移った。

一ノ瀬は、ローテーブルのビール脇からテレビのリモコンを取った。他局でも同じニュースをやっており、男児と老女が列車内から刺傷事件の現場を見ていること、老人特有の理由——孫ほしさから親しくなった、または軽度の認知症ではないかといった——から老女が男児を連れて関西方面へ向かったのかという憶測が伝えられた。よく似た人がいるものだと思いつつ、一ノ瀬はリモコンをローテーブルに置く。

「小蔵屋さんかと思ったよ」

むっちゃんが言い、さて戻すか、とスチール製書棚に節くれ立った手をかける。

一ノ瀬は微笑んでうなずき、しかし同時に、上着のポケットから携帯電話を取り出して草にかけていた。出ない。おかけになった電話は電源が入っていないか電波が届かない場所にあるためかかりません、という自動音声が流れた。草が定宿にしている京都市内のホテルにも連絡してみる。

「すみませんが、そちらにお泊まりの杉浦草さんにつないでいただけますか」

「杉浦草様ですね。少々お待ちください……あの、杉浦様は本日ご宿泊ではありませんが」

「いえ、そんなはずは」

先方で話し合う気配がする。

「お電話かわりました。杉浦様は急用でキャンセルされまして」

「急用でキャンセル？」

「はい。あの、失礼ですが、昼間おみえのお客様でいらっしゃいますか」

一時(いちどき)にあれこれ考えたため、一ノ瀬の返事は曖昧になった。

親切なフロント係が続ける。

「お客様がいらしたことはお伝えいたしました。杉浦様は服装などをおたずねになって、どなたかおわかりになったようで」

「……そうですか。では、直接連絡してみます。ありがとう」

一ノ瀬は電話を切った。メールを確認する。特段、久実からも連絡はない。得られた事実よりも、変に気にする自分自身を不吉に感じた。むっちゃんの方へ歩いていって、スチール製の書棚に手をかける。交換した延長コードが壁際にはっているのを確認する。むっちゃんも何も言わない。仕草で息を合わせて書棚の位置を戻し、分厚いファイルをその中へ並べてゆく。

テレビの音がひときわ大きくなり、洗濯洗剤のコマーシャルが流れてきた。

一ノ瀬がやかましいと思うそばから、むっちゃんがいまいましそうな顔をする。

「CMの間、音をでかくする決まりなのか」

さあ、と答えながら、一ノ瀬は笑ってしまった。

3

米原の夜は寒くなっていた。外に立っていると、顔やつま先の感覚がなくなってくる。出てきたうどん屋を遠目に見る夜道には、時々自転車や車が通る。

草は手袋をした手で、ジュンの背に垂れているフードをポンッと叩いた。小さな手がジャケットのファスナー辺りを上下にさする。

「さあ、これでいいわ」

裏地を表にしたジャケットは、銀色に縁取られた暗赤色のデザインみたいに変化した。

「よくないよ。ファスナーが裏向きで変」

「夜だもの、わかりゃしない。ちょっとでも新幹線の子と違って見えればいいの」

口を尖らしたジュンの、黒い野球帽を草はぎゅっと目元まで引き下ろす。野球帽は、ジュン自身がリュックから出して被ったのだった。

「ほら、来たわ」

タクシーが薄暗い道に現れ、ヘッドライトが草とジュンを照らして止まった。後部座席のドアが開き、ハラさんですか、と運転手に問われ、草はうなずく。タクシーは店を通じて偽名で呼んだ。ジュンを先に乗せ、後に続く。乗り込むと車内のあたたかさにほっとした。五十代だろう運転手に、近江八幡市へと告げる。それから手帳に控えてきたホテル名を伝えた。ルームミラーを見た運転手と目が合った。

「かなりかかりますが」

時間も料金もかかるという意味だ。

「ええ、承知しています。遠回りでも、琵琶湖沿いの方の県道を行ってください」

運転手はうなずいて車を発進させた。幹線道路に出ても、道は空いている。戸建て、マンション、畑、広い駐車場の病院や店舗といった町並みが続く。紅雲町のほうが建物は多いわね、と草は思う。小蔵屋が遠かった。今朝九時半過ぎに小蔵屋を出てきたのが信じられないくらい遠い。

「ご旅行で」

関東弁の人間が、平日に小学生を連れて旅行もない。怪しまれているのだろうか。

「いえ、法事が」

草は短く答えて黙る。嘘も方便だが、あれこれ訊かれても困る。運転手は納得した様子で、そうですか、と言い、寒くないかとたずねた。

「あったかいわ。眠くなりそう」

ジュンは向こうの窓に顔を寄せ、流れてゆく町を見ている。まるでキョウカ自身のように彼女の大振りなハンドバッグが寄り添っていた。

「あの、琵琶湖沿いの県道から、宮ヶ浜、長命寺の下へと回って、宿へ行ってくださいね」

そこは有名な随筆家が近江の中で一番美しいと書いていた場所だった。草も以前、この辺りの旅のためにその随筆の文庫を持ち歩いた。昼間なら、湖水に沖島が望めて眺めがよい。けれど、今は夜なのだ。道筋の念を押した草は、これ以上の会話を避けるために目を閉じる。だが、こんな時に眠れるわけもない。

逝ってしまったユージンを思う。病院のベッドに横たわるキョウカが目に浮かぶ。彼女は危険を顧みず座席へ戻ってきて、わざわざ携帯電話を残していった。ジュンが京都まで行けなかったと知れば、いずれ連絡をよこすはずだ。杉浦草の携帯電話でないとすれば、自身のあの電話へ。ジュンもそれをわかっているのではないか。年の離れた兄ユージンを失った今、あの子の頼りは彼女だけ。一体、彼女はジュンとどんな関係なのだろう。

新幹線で車掌が言っていた。

――お母さんがいないというのは……なるほど、複雑ですね。

いないとされている、ジュンの母親が彼女なのか。それとも彼女は、単にユージンの恋人なのか。いずれにしろ、みんなをつないでいるのはユージンだ。だが、彼はもうこの世にいない。

頭を整理したいのに、これまで考えていたような堂々巡りに陥る。とにかく、安全な場所へ。なんらかの連絡が来るまで、そこで時間を稼がなくては。

ウインカーがカチカチと鳴った。しばらくまっすぐ走っていたタクシーが、左へ曲がり始める。

草は目を開けた。幹線道路は突き当たり、木々や柵の向こうの、琵琶湖だろう暗い一帯が大きく位置を変え、ジュンの窓の方へと移っていった。

「おにいちゃん、何か見える？」

関西の抑揚で問いかけられたジュンは、窓に顔を寄せていたものの答えない。

「そら、見えんわな」

運転手の声が、気の毒そうに微笑む。

「お月さんがあったらええけど」

満月に輝く琵琶湖。目に浮かぶそれは、実に美しい。

いつ見たのだろう。草はそう考えるうちに、実際に眺めたことがあったのか、いつか見た写真か何かなのか、それとも無意識に作り上げた記憶なのか、定かでなくなってきた。月光を浴びてさざ波の光る湖面は、いつしか川面になった。日課で訪れる紅雲町の川だ。今朝も行った。行ったはずだ。車の走行音の中に、川音がしてくる。どこへ向かっているのかがわからなくなりそうで、草は眼前に現れては去ってゆく道路標識や看板の文字を必死に読む。

道路が湖から遠ざかっている気がした。草が不安になって首を回すと、今度は運転手が、できるだけ琵琶湖沿いに行って宮ヶ浜から長命寺の下へ出ますから、と言った。ジュンが草を見た。何、と目で訊いたが答えない。あきれたような表情が返ってきただけだ。しっかりしてくれよ。二重の黒々とした目が訴えてくる。

落ち着け、と草は自分に言い聞かせ、静かに深呼吸した。

思うところまでたどりつくのに三十分ほどのはずだったが、ずいぶん長く感じられた。進む県道は二手に分かれる。タクシーは狭い道に入ってゆく。低い山へと上っていくかのような暗い道は、やがて左に草木の斜面、右に湖となる。以前旅のともにした随筆の文章に、この一帯を奥島山（おきつしまやま）という書いてあったのを、草は思い出した。今は湖にせり出した地形だが、干拓が進む前は陸地と橋でつながる程度で、本当に島のようだったらしい。

前後に車はない。

「おにいちゃんの見とる方が、琵琶湖。わかるか」

運転手の案内に、うん、とだけジュンが答える。後ろから明るくなった。タクシーの後方に、別の車がついてきていた。

カーブの多い道だ。タクシーのヘッドライトは、湖側の木々やカーブミラーを照らしたかと思うと、今度は山側の枯れ草や裸木を浮き上がらせる。いつしか下り坂になっていた。後ろの車が近づいてきて、タクシーの周囲がぐんと明るくなった。光が瞬く。後ろの車がヘッドライトを点滅させたのだ。運転手が後ろの車を気にし始めた。草はそっとジュンを見た。ジュンも草を見る。また後ろの車のヘッドライトが瞬く。草は、懐から紙に包んだ二万円と、手袋の中に入れて握っていた二十枚ほどの小銭を出した。気持ち悪い、とジュンが口元を押さえた。

「ほんまか、おにいちゃん」

「車に酔ったのかしら。停められます？」

「待ってください」

タクシー運転手は後ろの車を気にしながらも、ウインカーを点けた。

「危ないから、言うまで外に出ないでくださいよ」

タクシーが少々がたついた。うねる道の山側に少しだけ入って停車したのだ。エンジンをかけたままハザードランプが明滅する。後ろの車が追い越していく。運転手が降りて後部座席のドアを開けた。ジュンが外へ飛び出し、湖側の路肩へしゃがみ込む。草はタクシーを降りてから、あらやだ、と言った。運転手がジュンを気にしながら、何ですか、と訊く。

「二万円。持っていたはずなのに」

草は手袋をしたままの両手を広げた。持っているのは、ハンカチのみ。後部座席から旅行鞄とハンドバッグを出した。

「座席にもない。中で落としたんだわ」

「探しますわ。あれ、下のマットに小銭が。お客さんのですか」

「さあ。ごめんなさい」

運転手は頭から後部座席へ入ってゆき、草はドアを閉めた。またルームライトが点いた。

夜の道路に、かすれたセンターラインが浮かび上がっていた。片側一車線の道は、右へ大きくカーブし、高い木々をまわり込むようにして下ってゆく。先は見えない。立ち上がったジュンが、キョウカのハンドバッグをひったくるようにして持った。前を走るジュンを、草も旅行鞄を抱えて小走りに追う。タクシーのヘッドライトから逃れて右の端をゆく。後ろは振り返らない。転ばないこと、今はそれが大事だ。ジュンは、もう黒い野球帽を被っていなかった。カーブの先に、ワゴン車と人影が待っていた。開いていたドアからジュンが駆け込み、草も崩れるように乗り込んだ。車内はぼんやりと明るく、エンジンはかかっている。ドアがそっと閉まり、ヘッドライトがついた。

「いいですか、出ますよ」

うん、と運転席の後ろのジュンが答える。三人の乗ったワゴン車が発進する。草はただうなずく。心臓が爆発しそうなほどドクドクして、とても話すことなどできない。

「雪だ」

ワゴン車は加速し、ジュンが窓を開ける。冷たい風が渦巻き、息の整わない草を襲う。

確かに、白いものがちらほら舞っていた。ジュンが外へ手を伸ばす。いつしか道は開け、平らになっていた。右手のすぐそこが琵琶湖の波打ち際なのだと、運転席から声がする。

草は目を閉じ、湖に降る雪を見る。

夜空は幾分地上の明かりを映し、湖は黒々と広がっている。

4

夜の紅雲町に、瓦屋根と漆喰壁の小蔵屋は控えめな明かりをともしていた。

「おかけになった電話は電源が入っていないか電波が――」

一ノ瀬は聞き飽きた自動音声を途中で切り、車を降りた。

閉店時間を過ぎた店前の駐車場には、久実のパジェロの他に、見慣れたトラックが停まっている。

店舗へ近づいて木枠のガラス戸から中を見ると、すでに寺田と久実がこちらに顔を向けていた。不安そうだ。作業着姿の寺田はカウンター席で鉄絵のフリーカップを口に運び、茶色いカフェエプロンをした久実はカウンターの奥で固定電話を使っている。

一ノ瀬は、いよいよかと覚悟してガラス戸を開けた。

「寺田さん、こんばんは」

「こんばんは。一ノ瀬さんも来ちゃったか」

「ニュースを？」

「ああ、見た。配達先で。まさかと思ったんだが」

寺田が久実の方へ視線を向けた。

「ちょっと前に、奥で久実ちゃんもニュースを見てきてさ。最初は、あはは、そっくりーって笑ってたんだけどな」

「そうですか」

久実が、ありがとうございました、と固定電話の受話器を置く。

「どうしよう。お草さん、京都のホテルをキャンセルしてた。急用だって」

眉根を寄せた久実に、うん、と一ノ瀬はうなずく。

「まあ、落ち着け」

「落ち着けってね、電話もつながらないのよ」

「わかってる」

なんだ早いな、と寺田が感心する向こうで、久実が屹度(きっと)なった。

「わかってないよ。こんなふうに予定を変更したら、お草さんは連絡くれるはずだもの。今日の午後だって、まだ東京駅なのよって、ちょっと道草し過ぎて、これから東海道新幹線に乗るところだって電話くれたんだから」

目を潤ませ始めた久実を前に、一ノ瀬はカウンター席についた。

「おれ、水」

久実が目尻を拭いつつ、下の棚からゆがみの味わいがあるグラスを出し、浄水器専用の水栓から水を汲んでよこした。やや乱暴に置かれて揺れた水を、一ノ瀬は半分ほど飲み、口に残っていたサラミの味を流す。何時頃、と訊くと、えっ、と聞き返された。

「何時頃、お草さんは東京駅から電話をかけてきたんだ」

「二時半頃」

「他に何か言ってた？」

「他にって……どら焼のことだけよ。居間の茶簞笥の上にどら焼が箱で置いてあるからって。朝も出掛けにそう言ってくれてたんだけど」

お草さんらしいな、と寺田が表情をゆるめる。

一ノ瀬も微笑み、グラスに残った水を久実に仕草で勧めた。

「コーヒー、淹れてみたのか」

「練習。お草さんがいないから、今日は試飲がなかったけど」

たまにおれが頼むんだよな、と寺田が言い添える。

「結構、うまくなってきた」

「道草し過ぎたって、お草さんは東京のどこにいたんだ」

久実が水を一気に喉へ流し込み、口元を拭う。

「アンティークショップの海図。話したじゃない」

カイズって、とたずねる寺田に、海の図の海図です、と久実が説明を足す。

「お草さんは帯留を買い戻しに。小蔵屋の運転資金のために以前売ったらしくて、すっごくうれしそうだったんですよ。長い間、海図にその帯留が戻ってくるのを待っていたみたい」

へえー、と寺田が不自然なほど明るく相槌を打ち、海図だけかな、と一ノ瀬はつぶやいた。

さて、と一ノ瀬が立ち上がると、寺田も立ち上がった。

「長い夜になりそうだから、奥の自宅を借ります」

「そうだな。ここに連絡があるかもしれないし。おれも会社にトラックを戻して出直すよ」

「食材が車にあるから、何か作っておきますよ」

「ありがたい。腹が減ってはなんとやら、だ」

悪い予感を洗い流そうとするみたいに、久実がむきになってグラスを洗い始める。

エアコンをつけたあと、テレビもつけて音量を下げる。

気温が下がってきたせいもあり、留守宅の居間や台所は冷えきっていた。

一ノ瀬は米を炊き、カレーを作る。電気炊飯器の早炊き機能とフライパンを使えば、時間はかからない。焼き目のついた茄子と黄色いパプリカがのったカレーに、戻ってきた寺田が目を見張る。

「この短時間に作ったとはね」

いただきます、と寺田に声を合わせた久実が、手抜きカレーの作り方を一ノ瀬に代わって説明する。

「使うのはフライパン一枚。一、先にトッピングの野菜を焼いておく。二、薄切り肉を使って、薄くスライスした玉葱は量と炒める時間を倍。人参、じゃがいもは入れない。だよね」

多少の時間が経ち、久実も落ち着きを取り戻していた。

炬燵(こたつ)には、奥の和室に続く襖(ふすま)側に寺田、庭側に久実。一ノ瀬は、寺田の向かいで上り端(はな)の障子を背にしている。台所に近い座布団には誰も座ろうとしなかった。一枚だけ違う草用の縞柄のそれは、彼女の着慣れた紬を思わせた。

一ノ瀬も食べつつ、京都市内の主だったホテルのリストを寺田へ渡した。ノートパソコンで検索して打ち出したものだ。その全部が棒線で消されている。

「カレーを作る間に、久実に調べてもらったんですが、杉浦草という宿泊者はいません」

お疲れさん、と寺田が久実を労い、一ノ瀬と目を合わせた。

「どう思う」

「巻き込まれたのかな、と」

「直前まで、どら焼の電話だものな」

「ええ。品川駅の刺傷事件とも無関係とは思えません」

「となると、相手が普通じゃない。やっかいだな」

久実が皿にスプーンを置いた。

「品川警察署に訊いてみる？」

一ノ瀬は何も言わずに久実を見返した。

「あのね、さりげなく訊くのよ。刺された人が知り合いかもしれないと思ってとか、フリーの記者を装うとか。何かわかるかも」

今度は、一ノ瀬が寺田を見る番だった。

「どう思いますか」

「場合によっちゃ、着物のお婆さんは誘拐犯だ。こっちがぼろを出せば、あれは小蔵屋の杉浦草ですって、わざわざ教えるはめになる。向こうはプロだ」

「そうですね。警察を頼れる状況なら、とっくにお草さん自身が駆け込むか、新幹線内で助けを求めるかして、久実にも心配するなと連絡してくれたはずだ」

「あえて行方をくらました、か。男の子を守るために」

寺田が、背後の襖の方へ視線を投げる。

草が寝起きする奥の和室には仏壇があり、小さな男の子の遺影があることを、三人とも知っていた。

「女の人を襲った犯人二人のうち、一人は逃走中なのよ。手遅れにならない？」

自分で言った現実に負けまいとするように、久実がカレーを口に運ぶ。

草が京都のホテルをキャンセルする直前に、妙な男がたずねてきている。本当に知人なら名のったはずだ。追手が二人以上の可能性も充分あるが、一ノ瀬は黙っていた。海図には連絡してみたのかい、と寺田に訊かれ、首を横に振る。

「電話に出ません」

「営業時間外か。何か情報があればと思ったが」

一皿ものを食べ終えると、寺田はケーキを二個とも久実に勧め、おれたちはこっちだ、と茶簞笥から箱ごとどら焼を下ろして頰張った。

あの洋菓子店の水色の箱を見て無言だった久実を、一ノ瀬は初めて見た。今夜の久実は食べきると心に決めて、ケーキに挑むかのようだ。

「ブラックフォレストとフルーツジュエリー。ストロベリードームじゃないんだね」

「売り切れ。次回のお楽しみだ」

「そっか」

生クリームのついている唇を引き、久実が微笑む。

「これ、私たちの思い過ごしで、あとで笑い話になったりしない？　あの着物の人は別の誰かで、今夜お草さんは知り合いの家にお泊まりしてるだけとか。それでお草さんは今頃ニュースを見て、こんなことになってるんじゃないかと思って電話してくるの」

作りものの希望に久実の瞳が覆われていき、一ノ瀬は不安を深めた。一ノ瀬食品工業の経営陣が集まる場でも、似たような思いをすることがあった。登山でもそうだが、人はまずい状況になればなるほど本能的に甘い夢を見る。

古い柱時計が、ボーン、と一つ鳴った。八時半だ。

その余韻に重なって、居間の固定電話が鳴り始めた。

ほら、と久実が目を輝かせる。茶簞笥脇の黒光りする簡素な腰掛ふうの台の上で、電話の音がひときわ大きく響く。お草さんが固定電話にかけるわけない、と一ノ瀬は言い、寺田も表情を曇らせたが、その時には久実が受話器を上げていた。

「もしもし！」

一拍置いて、はい、と声を落とした久実が、焦って送話口を手でふさいだ。

「こっちの警察。どうしよう。お草さんはいるかって」

一ノ瀬は寺田と顔を見合わせた。腕を伸ばして電話を代わり、いま手が放せないのですが何か、と訊いた。

「失礼ですが、あなたは」

「客です」

「お店は閉店時間を過ぎたのでは」

「自宅のほうですが」

「ああ、そうでしたか。それなら結構です。夜分、お騒がせしました」

一ノ瀬は受話器を置いた。

そばで聞き耳を立てていた寺田と久実が、ほっと胸をなでおろす。

「まいったな。足どりをさかのぼったか。監視カメラがあるし、目撃情報も多いのかも」

「でも、よかった。お草さんは在宅だって納得したみたいだし」

一ノ瀬は首を傾げた。

「明日、警察がここへ来るかもしれない。事態が動かなければ、洗い直すに決まってる」

三人で無言のまま視線を交わす。

一ノ瀬は立ち上がり、障子を開けた。店側へと続く三和土の通路から、ひんやりとした空気が流れ込んでくる。

「お先に、ごちそうさま。向こうで電話してくる」

革靴を履いて、窓のない通路を店の方へ進み、小さな明かりの下に立った。

辺見はすぐ電話に出た。

「仕事、あったか」

「ありましたよ。他の誰でもない、辺見さんに。嫌とは言わせない」

辺見が大きなため息をつき、なんだ、と訊いた。そばに誰かいるらしく、ヒューン、ドカン、ヒュンヒュンとゲームらしき音が続いている。

「今日品川駅で女が刺された事件、それから同じ場所で同時刻に目撃された男児の連れ去り事件について情報がほしい」

「なぜ」

「今、小蔵屋にいるんです」

束の間、沈黙が流れた。聞こえていたゲーム音が遠くなってゆく。

「なんだ、あれ、そこの婆さんか」

「違えばありがたいけど」

「本人と連絡は」

「つきません。携帯電話がつながらないし、京都の定宿もキャンセルしています。男の子、被害者の女性とも、こちらでは誰だかさっぱり。お手上げです。しかも、泊まるはずだったホテルに男が訪ねてきたとフロントが」

「男？　どんな」

「さあ。名のらなかった妙な男です。それを知ってからお草さんはキャンセルしている。電話でおれの声を聞いたフロントは、その客だと勘違いを」

「二十代後半から四十ってとこか」

念のため草の携帯電話番号と京都の定宿を、一ノ瀬は伝えた。だが、返ってきたのはまたも大きなため息だった。

「あのな。おれは、もう警官じゃない」

電話はあっさりと切られた。

あの時、事件現場から金を盗み出したあとも、辺見はこう言ったのだった。


賭博事件関係の業務報告が長引き、警備会社の本部を出ると八時近かった。

朝の街を、辺見のステーションワゴンは自宅とは逆方向へと進む。通勤時間のため道路は混雑していたが、車高のあるランドクルーザーからは前がよく見えた。

「金を持って、どこへ行く気なんだ」

二台後ろの一ノ瀬はハンドル片手に、ステンレスボトルに残っていた紅茶を飲む。夜勤明けのすきっ腹に、ぬるい紅茶が落ちてゆく。

間もなく辺見は高架下の道から駅の逆側へ出て、五分ほど走り、シャッターの閉まっている飲み屋の前へ駐車した。そこは駐車場付きの横に長い二階建ての雑居ビルで、一階には店舗、二階には事務所が五軒ずつ並んでいた。駅からそう遠くはないが、店や事務所より、古い家やマンションの多い地域だ。

向かって右にある手すり壁付きの外階段を、辺見は上がってゆく。金を入れた軽量素材のバッグを持っている。一ノ瀬も離れた路上に駐車し、走ってあとに続いた。階段の終わりから開放廊下を窺う。建物の裏手になるそこには、各事務所のドアがあった。

辺見はまっすぐ歩き、一瞬、三つ目のドア前に近づいただけだった。カタンと音がした。辺見はそのまま進み、向こうの階段から降りていった。

三つ目のドアには『千木良弁護士事務所』という表札があった。

一ノ瀬は、郵便受けのある古びたドアを眺めた。ドアの表面には多くの傷と蹴ったような汚れがあり、それが複雑な感情ごと相談を持ち込む市井の人々を彷彿とさせた。

「入れよ」

声と同時に、ドアが開き、眼鏡を頭にのせた男が現れた。

一ノ瀬が黙っていると、男は視力の足りなそうな目を細めて、あれっ、と言い、銀縁の眼鏡をかけた。白いものがやや多い髪をかき上げて整える。寝不足の顔の下は、パリッとした白いワイシャツを羽織っていた。ボタンホールに、まだクリーニング店のタグがついている。

「ええと、あなたは」

「彼をつけてきました。警察でも記者でもありませんが」

男は特段身構えもせず、表情をゆるめた。

「ドアを開けろと電話があったんだが……匿名の人からね」

余りの白々しさが、かえって辺見をよく知っていると物語る。

「今、あなたが受け取ったものは――」

「さあ、何のことだか」

「とぼけるんですか」

「手助けならありがたいが、そうでないなら失礼するよ。忙しいのでね」

ドアが静かに閉まる。一ノ瀬は、下へ降りるより他なかった。男の、ありのままを捉えようとするような穏やかな視線が、階段を降りる間も胸に残っていた。

飲み屋のシャッター前には、まだ辺見のステーションワゴンがあり、運転席に人影があった。一ノ瀬は助手席に乗り込んだ。

「悪党には見えなかっただろ」

「弁護士事務所へ匿名の寄付ですか」

「町弁の儲けなんて、たかが知れてる。そこへもってきて、千木良は地元企業の顧問料を次々失った。単純な医療訴訟で勝ったはいいが、院長と昵懇(じっこん)の政治家の息がかかった企業から顧問契約を切られていった。今は弁護士の仕事を継続するために、ローンの残っていた自前の事務所を売り、なんとかスタッフの雇用を守っている。下卑(げび)た仕返しのおかげでな」

辺見はフロントガラス越しに、グレーのシャッターの方を見ている。

「遺族は大学生一人。おれが頼み込んだ案件だった」

横顔が沈んでいた。

「千木良には、この世の歩き方を教えてもらった。おれの鞄に山ほど使えるものを詰め込んでくれたんだ。もとは空っぽの……いや、何か入れてもそれが落ちてなくなるような底の抜けた鞄だったが、千木良が変えてくれた」

一ノ瀬は、寝不足と疲労の蓄積した弁護士の顔を思い出していた。

「あの人が一緒に香港へ行った人ですか」

「ああ」

何を思い出したのか、ふっ、と辺見が笑う。

そういえば、香港では年嵩の男が熱を出してホテルで寝込んでいた間に、一人でろくに言葉も通じない街へ出かけたのだと言っていた。

「婆さんの目は確かだった。千木良は、おれの両親よりはるかにまともだ」

未成年の辺見が返還前の香港を歩く様が、一ノ瀬の目に浮かんだ。ルールに縛られるのを嫌い、自分の足だけで歩いていけるといきがり、そのくせ家族の話が笑ってできるやつがまぶしかった十代の少年が見えるようだった。一体、そこから何年が過ぎたのだろう。

「辺見さん、あなたが選んだのは逮捕するほうの仕事でしょう」

「あのな。おれは、もう警官じゃない」

「何が目的でも、盗みは盗みです」

「片目をつむれ。どうせ、強いやつに対してはつむる目だ」

一ノ瀬は返す言葉がなかった。所詮、弱いほうを選び、それらしいことを言って気を済ませているに過ぎなかった。本来なら、ろくでもない強者とその強者に付き従うものに対し、あなたたちのしていることはおかしい、と言うのが先のはずだ。

辺見がキーを回し、エンジンをかける。

「押収金が少なくて誰が困る。遠藤に嫉妬されて何か不都合があるか」

「勝手な理屈だ。この貸しはでかい。忘れないでください」

一ノ瀬は車を降りた。辺見の車が駐車場を出てゆく。

広い空は雲を幾つか浮かべ、裸の街路樹には長い尾を振る鳥がいた。子供のはしゃぐ声のする方に、幼稚園の看板とピンク色の遊具が見える。

冬でも、世界は美しく色鮮やかだ。

これを損なわせる者は誰なのか。

一ノ瀬がランドクルーザーに近づくと、その窓に可もなく不可もない男の顔が映り込んだ。

第四章　神様の羅針盤、くまの寝息

1

ワゴン車は暗い山道を進む。舗装道路だが、センターラインはなく、ヘッドライトのみが頼りだ。対向車の明かりが、安堵と緊張を同時に運んでくる。うとうとしていたジュンが頭を起こし、すれ違う対向車を目で追った。

「ここ、どこ？」

「名無しの実験場」

草の返答を聞いた丹山慶悟（にやまけいご）が笑う。運転席の背もたれから覗く分厚い肩が揺れる。

「そのとおりです。名前がない」

ワイパーの動きが一段階速まる。最初はちらついていた程度の雪が、だいぶフロントガラスを覆うようになっていた。路肩や草木も白い。

「何時かしら」

車のデジタル時計を見た丹山が、八時になります、と答える。タクシーから乗り換えて四十分ほどが経つ。

名無しの実験場——草が勝手にそう名付けていた場所は、滋賀県の南東部に位置する。器作家である丹山の窯の近くに、草木染め工房兼カフェ、画廊兼地産地消レストラン、長期滞在型ホテルができ、彼から以前送られたパンフレットの案内文には「人が人を呼ぶ、実験場」とあった。発起人は多種多様で、職人や農家、美術収集家、地元の資産家、若手建築家、大手ホテル社長、さらに大学のクリーンエネルギー研究室までが名を連ねる。技術、知識、資金を提供しあって豊かな地方をつくり、国内外を問わずつながってゆこうという意図のようだ。

ジュンが眠そうに目をこする。

「何回も来てるの？」

「こうなってからは初めて」

草が丹山の窯を訪ねたことはあったが、何年か前の話だった。

「まっすぐ行くと、私の窯ですが」

ワゴン車が左に折れ、そこから急に道が開けた。等間隔に灯る円筒形の簡素な外灯に導かれて進んでゆくと、洗練された箱型の三棟が現れた。ゆるやかな斜面の白い木々に抱かれて点在する建物のうち、手前の横に大きなものがホテル、離れた場所にあるものがカフェやレストランだと丹山から説明を受ける。草は疲れも忘れて、車内から辺りを見回した。ガラスを多用し一階が輝いて見えるものがホテル、あとは高さのあるほうが草木染め工房兼カフェということらしかった。景観を損なう大きな看板や案内板などの類は一切ない。

外国っぽい、とジュンがやや興奮した口調で言い、ほんとねえ、と草もうなずいた。報道によればキョウカは生きている。極悪人に追われる夜にも明るさが増していた。少なくとも今夜はここへ落ち着ける。うまくいけば、数日滞在できるかもしれない。米原駅以降の目撃情報があっても、意図的に乗り捨てたタクシーや湖畔へ落としてきたジュンの野球帽が、しばらくは耳目を集める。

ホテル前の駐車場でワゴン車を降りると、雪が睫毛についた。しっとりと冷たい空気を、草は思い切り吸い込む。雪と土のにおいが肺に満ちる。

「先々を考えると、やんでほしいけど」

うなずいた丹山が、草とジュンの先に立ってホテルの入口へと歩き出した。

「チェックインは私が。ロビーで休んでいてください」

怪しまれないよう、三人で宿泊する形をとることになっていた。支払いは丹山のクレジットカードを使い、一時立て替えてもらう。あまり詳しくは話せないが子を殺しかねない父親から男児を守らなければならないという、うどん屋での草の電話に丹山は理解を示した。例のニュースを知ってはいたものの、まさか杉浦さんだったとは、と驚きを隠さなかった。

丹山が口まわりに短い髭のある顔を、ジュンの方へ向けた。人をまっすぐに見る柔和な眼差しが、ジュンの視線を吸いよせる。

「いいかい、私たちは親戚で全員丹山だ。で、きみの名前は」

「ハジメ。数字の一」

ジュンに続いて草も、実在する親戚の名を借りて答える。

「私はミチ。片仮名」

「でさ、気分転換しに来たんだよね。ぼくが不登校で」

おー記憶力いいな、と丹山が太い腕でジュンの頭を抱きかかえた。だってほんとに学校行ってないから、とくぐもった声がし、ジュンが丹山の腕から逃れる。丹山が驚いて草の顔を見たが、草もジュンの不登校については初めて知ったのだった。

「丹山さん、恩に着るわ。本当に何から何まで」

「いえ」

丹山は歩調を速め、先に自動ドアを抜けてフロントへとまっすぐ急ぐ。草はぼさぼさになったジュンの髪をなでつけ、ロビーの壁沿いにあるシンプルで造りのよいソファへと誘った。

ジュンのがっちりした体格になりそうな後ろ首の辺りを見ているうちに、京都の定宿で時折みやげとして買う、胡桃の飴炊きを思い出した。あれも、少年のユージンの好物だった。手のひらにいくつかあげてみたら、なんだこれという顔をした挙げ句に一気に口に放り込み、結局、瓶の入ったホテルの手提げ紙袋ごと、ひったくるようにとられてしまった。背を向けて駆けだしたユージンに、一遍に食べると鼻血が出るわよ、と声をかけたが、聞いていたのかどうか。

「学校、休んでるの？」

「ろくに行ってない」

「先生が来たりしない？　家へ」

「どこだよ、それ」

あきれ顔をジュンが向けてきて、草は言葉に詰まった。貧困や家庭問題が原因で、住民票をどこかに残したまま行方不明となる児童が後を絶たないと雑誌か何かで読んだ覚えがあるが、ジュンもそのうちの一人なのだろう。室橋が子供と暮らしたがるはずもなく、ユージンの部屋にも子供が生活していた気配はなかった。

「キョウカさんの家にいたの？」

ジュンが、こっくりとうなずく。

「キョウカは独身なのにさ。産んだ人が、ぼくを押しつけて失踪したから」

下ろした前髪から覗く二重の目は、ラウンジの壁にかかる大型画面に向けられた。お母さんという言葉を避け、失踪という言葉を使うジュンを、草は痛々しく感じた。お母さんは、とこちらが言うのも憚（はばか）られる。

「キョウカさんと知り合いだったの？　友だち？」

ジュンは答えない。もう答える気がないのだろう。黒々とした瞳は、向こう壁の大型画面の輝きや暖炉の炎を映している。

大型画面には、鳥になって眺めたような世界中の大自然が次から次へと映し出されていた。脳の皺みたいに水域が蛇行する湿地帯。絹のなめらかさを感じさせる砂漠の襞。青いゼリーのように透明な海。

ラウンジでは、五人の客がグラス片手にずっと話している。一人が、この火山列島に原発が五十基以上だからね、と言えば別の男が、減災や国防を唱えるけれど原発には触れない、現実を見ない、と笑う。国民性なのかしら、見ざる聞かざる言わざるで存在しないことになるの、と別の誰かが言い、草には理解できない異国の言葉が発され、彼らは軽やかに笑った。もうすぐ変わるさ。楽観的だな。そもそも変化する世界が放っておかない。サルー、の掛け声で乾杯となった。何人かが母国語なまりの日本語だった。

ラウンジの様子に多くの日本人が眉をひそめるだろうと思いながら、草は胸に風が抜けるような心地よさを感じていた。ある意味、懐かしくもある。昔、夫となる男が中心となっていた芸術家集団の間では、こんなふうに伸び伸びと、ありとあらゆることが語り合われた。戦争、政治、文化から恋愛、借金苦に至るまで、一升瓶と煮ころがしの卓上に載った。人間は愚かな生きものだと自覚しつつ、両手を広げて自分たちを抱こうと必死だったのかもしれない。あるホテル経営者はそんな彼らに集う場所を提供し、物心両面から支援した。自身の贅沢にのみ財産を費やすなど、商都の歴史のある土地柄においてはつまらないこととされていた。草自身は絵描きでも小説家でもなく傍らにいたに過ぎないが、それでも彼らの生き方に大きな影響を受けた。

ラウンジの彼らは、未来の車に話題を変えていた。世界は電気自動車を目指すという大方の見方に対して一人だけが、電気とガソリンのハイブリッドが生き残る、と主張する。だからさ、災害時に電気が止まってもガスがある家みたいなものだよ。停電してもガソリンスタンドはある、か。なるほどね。塗装面で太陽光発電ならもっといい？　ねえ、燃料が水って可能？　断熱して空間を広くすれば走る仮設住宅だ。レジャーにも最適。ついでに自転車発電もつなげばエクササイズで一石二鳥？　笑いが広がる。

視線を感じて、草は横を見た。

何、と訊いても、ジュンは答えない。だが、何か言いたそうではある。しかたなく、草は口角を引き上げた。

「さっき、なんて言ったんだろうね。サルーはブラジルかどこかの乾杯だけど、もう一つのほう」

「サルーは、スペイン」

「よく知ってるわね」

「ぼくたちもいないことにされないか。そんな感じのことを言ったんだ」

もうジュンは、大型画面の方を見ていた。上空から大写しになっていた一本の樹木は、カメラが引いて広大な原生林の中へ消えていった。森に隠されたようにも、自らまぎれ込んだようにも思える。

「スペイン語、わかるの？」

「あれは英語だって」

年齢に似合わない話しぶりが頼もしくもあり、逆に不憫でもあった。この子はつくづく大人の世界で大人として振る舞うよう要求され続けてきたのだと思うと、草は胸が苦しくなった。

ジュンが思い立ったように、自分のリュックを探り始めた。細い腕に、キョウカのハンドバッグの持ち手を通したままだ。リュックから出てきた手には、懐中時計のようなものが握られていた。真鍮製らしき、重みのある作りだ。だが、懐中時計にしては長針も短針もなく、文字盤を覆うガラスも抜け落ちている。

「素敵ね。それ、なあに」

「羅針盤。これさえあれば、どこへだって行けるんだ」

でも針がなくては、と思ったが、草は口にしなかった。

お待たせ、と声がかかった。顔を上げると、フロントを離れた丹山が手招きしていた。

浴槽に落とす湯の音が、心地よく響いてくる。

丹山は部屋に着いてまず上着を脱ぎ、チェック柄の厚いシャツの袖をまくって、慣れた様子で風呂を入れ始めたのだった。次にリモコンでテレビをつけ、報道番組を放送中の局にして音を絞る。私がいるので部屋の説明は断りました、とエレベーターの中で言っていた。発起人の一人だけあり、友人知人を案内する機会が多いと見える。

「トイレが別でありがたいわ。それにシャワーが浴室の隅で仕切られているのも」

ツインのスタンダードタイプだという部屋は、他にソファベッドがあり、ウォークインクローゼット、すりガラスふう引戸の向こうの窓辺には、机として使えるテーブルと椅子四脚、ミニキッチンまでが備えつけられていた。外国人客も少なくない長期滞在型だけあって、充分な空間と落ち着きを兼ね備えている。夜が明ければ、大窓は落葉樹の山を切り取る額縁となる。

「ここに長逗留して、たまに京都や大阪辺りへ出かける人が多いです。三人でこのタイプを借りれば安上がりですし」

「芸術家肌、研究者肌のお客さんが多い？」

「学ぶ機会も持てますからね。要望があれば、畑に行ったり、研究所や工房へ入ったり。でも、旅好きのごく普通の人たちも来ますよ。リピーターになったりして」

「私はこういうとこ好きだけど、退屈に思う人も多いような」

それがふたを開けてみたら意外と、と丹山が微笑んだ。茶を淹れるつもりか、ミニキッチンのペンギンを思わせる電気ポットで湯を沸かし始める。

丹山は普段あまり話さない。

無口なはずの彼の饒舌から、かえって緊張が伝わってくる。

こんなことに引きずり込んで申し訳ないけれど、他にどうすればよかったのか——草は旅行鞄ごとソファへ座り込んだ。気が抜けたのか、どっと疲れを感じた。草履を脱ぎ、引き上げた足をさする。道行コートを脱ぐのさえ億劫だった。

「自然の中で、ぼうっとするなんて、忙しい身には最高かもしれないわね」

ウォークインクローゼットの姿見に、ジュンが映っている。鏡は開いた扉の内側についており、ジュンはクローゼットの中にいた。

「それに、ここはロビーから部屋まで歩いただけでも刺激を受けるもの」

草は鏡に目をやりつつ、ラウンジの光景や、美術館・博物館のような途中にあった展示物を思い返す。国境を溶かしてしまう丹山慶悟の器。宙を泳ぐように垂れ広がり、オーロラを連想させる緑鮮やかな草木染めシルクストール。エネルギーをほとんど使わず、エネルギーを生み出す様々な建造物の意匠図。小型の水力発電機や蓄電池といった最新技術を映像で紹介するコーナーや、展示物に関連する美装の書籍が多いコーナーなどは、その見せ方自体がシャープでデザイン性に富んでいた。カラフルで透きとおったボールが、ひと抱えもある透明な球体を満たしているオブジェもあった。一つ一つが柔軟で強ければ、全体も柔軟で強い。そんな意味の言葉が添えられていた。この国のことであり、地球全体のことでもあるのだろう。名無しの実験場には、経年を魅力に変える力がありそうだ。

電気ポットから、早くも湯気が上がる。

「先にお風呂どうぞ。着替えある？」

クローゼットから出てきたジュンに草は声をかけ、ようよう立ち上がる。湯の加減を見に行こうとしたのだが、先に丹山がリュックを持ったジュンを浴室へと連れていった。

シャワーの音が聞こえてきた。

「さて、と」

草は道行コートをいよいよ脱いでソファへ置き、ウォークインクローゼットへ入った。頭も身体も重く、足が少々しびれていたが、ぐずぐずしてもいられない。

ウォークインといっても二、三畳程度。ジュンのしていたことをなぞるのは造作無い。あの子のよじのぼっていたチェスト、上の棚へと目を移せば、棚の隅に予備の寝具が積んであった。

「椅子が要るわね」

ジュンはクローゼットの中へ、キョウカのハンドバッグを隠していた。

椅子に上ってハンドバッグを手にした草は、窓側のベッドに座り込み、黒革の大振りなそれを逆さにして中身を出した。光沢のある紅茶色のベッドカバーの上へ、こまごましたものがバラバラと落ちる。メッシュ素材で中が見える大小の黒いポーチが四個。鍵束。他にもペットボトルの水、ガム、菓子の袋、ボールペンといったものがある。身元がわかる、財布やカード入れのようなものは皆無だ。

さらに、肝心なものも見当たらなかった。

「携帯電話がない」

草は浴室のドアを見やり、深いため息をついた。もうそこに丹山がいた。

「リュック、風呂に持ち込んでましたね。あの中かな」

「他の人に絶対触らせたくないのね。誰かが迎えに来るのなら、キョウカさんのケータイに連絡が来ると思うんだけど。いいわ。あの子が寝てからなんとかする」

「寝不足はいけませんよ」

丹山が浴室を往復して、難なくリュックを持ってきた。泡だらけでした、と報告して床に座り込み、草のベッド上へジュンの持ち物を並べ始めた。リュックやスニーカーと同じ豹のようなマーク入りの財布、手袋、壊れた羅針盤——丹山はひと目でそれとわかった——そのあとごっそり出てきた衣類の中に携帯電話が見つかった。草は旅行鞄から老眼鏡を出し、ベッドの端へ腰かけて、丹山が操作する携帯電話を覗き込んだ。着信履歴、発信履歴とも先日から始まり、相手の番号は一つだけだ。

「ええと、何日前からかしら」

「六日前」

「やあね、頭が働かない」

草はこめかみをもんだ。単純な計算なのに、今夜は頭に靄がかかったみたいにぼんやりしてうまくいかない。今日が何日か思い出せても、なんだか不確かに感じた。

「妙なケータイですね。一件もアドレスが登録されてないな」

「プリなんとか、かしら」

「プリペイドケータイ」

「そう、それ。逃亡用に新しく用意したの」

「それとも、金に困った人が契約して転売する普通のケータイを買ったか。パスポートも、幾らかもらって戸籍や住所を貸して作らせるなんて聞きますから」

「パスポート……」

「貸す側がパスポートを作ったことがあったら無理だと思いますけど、見た目がそれなりに合っていれば、なりすましが可能なんでしょう」

新宿区の雑居ビルを、草は思い浮かべた。一階は洋服のリフォーム、二階は質屋だ。少しでも金銭を得たい切実な人々を見つけ、年齢や性別、家族構成などで分類して裏の商売に活かすなら、表の看板はなかなかなのかもしれない。しかも、正規のパスポートとして作られるから、ばれる確率は低く、技術も元手も要らない。仲介するだけで、ほとんど丸儲けだ。

「新幹線の発車直前が、最後の電話ね。こっちからかけてる」

「かけてみましょうか」

「ええ。迎えの人でなくても、協力者に違いなさそう」

丹山が発信した携帯電話を、草は受け取った。呼び出し音が延々続く。

「出ないわ」

「警戒しているのかも」

「そうね。ニュースをきっと見てる。一体、どんな人なのかしら」

さきほどの丹山にならって、草はもう一度かけてみた。やはり相手は出ない。

ダンッ、と音がし、草はびくっと震えた。

「だめだよ！　だめなんだよ！」

次の瞬間には、バスタオルを被ったジュンに携帯電話を奪われていた。床は濡れて光り、草の手までが濡れた。

「なんでかけたんだよ！　ふざけんなよ！」

ジュンのあまりの剣幕に、草はのけぞった。ジュンを制するように、丹山が後ろから抱きかかえる。

「つながらなかったわ」

草はジュンを落ち着かせようと顔に両手を伸ばした。が、携帯電話を持った手で、腕をしたたか叩かれた。こらっ、と丹山が叱ったが、ジュンは余計に悪態をつき、太い腕の中で真っ赤になって手足をばたつかせる。

「ごめん、勝手に悪かったわ。でもね、ちゃんと言わなきゃわからない。言わないから、こうでもしなきゃしかたがなかったのよ」

「だめなんだよ。かけちゃ。新幹線に乗ったら、かかってくるまで待ってるってルールだったんだ」

「ルール？」

草をにらむ充血した目から、一筋の涙が流れた。

「破っちゃだめだったんだ。あっちの駅に着くまで、誰とも話しちゃいけなかったんだ。三人で一緒に座るなんて、きっと、絶対だめだったんだ。だけど、ホームで偶然会うなんて、ユージンと一緒に……ネットで見たおばあさんがいるなんて、うまくいく証拠だって思って、新幹線に乗ったから絶対平気だって思って……キョウカもうれしそうに、もう大丈夫、空からユージンが守ってくれてるって言って……だから……」

草は、叩かれて痛む両手を胸に引き寄せた。やわらかな感触が右手に蘇った。発車前の列車内で、右の座席へとジュンにこの手を引かれたのだった。

「ぼくが調子に乗ったんだ。ぼくが悪いんだ。ルールを守れ、ゲームに勝ちたいならルールを守れって……あんなに、あんなにユージンに言われたのに……」

あー、とジュンが頭を抱えて床に崩れ落ちた。

詳細を知らない丹山が、震える小さな背中をさする。

途中で壊されたゲームの中で、ジュンは残されたルールを必死に守ろうとしていた。もう一度ルールを守りさえすれば、ゲームがもとどおり動き出すと信じるかのように。

草は、丹山と顔を見合わせた。

「どっちにしたって、新幹線の中で室橋の手下に見つかったわ。その時点で、ユージンの残したルールはほぼ意味がない。そうでしょ？　これも、めぐりあわせ。列車に三人居合わせたから、こうして生き延びていられるのよ」

ジュンの嗚咽（おえつ）が激しくなった。

丹山が、これ以上はやめておけと目で訴える。だが、草は続けた。

「そもそも、これはゲームなんかじゃない。生き残りたいなら、本気で力を合わせるの」

たまらなくなったのか、胡座(あぐら)をかいた丹山がその胸にジュンを引き上げて抱きしめた。

それでも、いや、だからこそ、草は黙らなかった。

「どこの誰が迎えに来るのか、本当に知らない？」

バスタオルから覗いた頭が、はっきりと横に振られた。

――彼は計画を細切れにして、私たちを使い、同時に守っているの。仮に誰かに問い詰められても、全容が答えられないようにね。

洋服のリフォーム店の女を思い出し、草は思わず唸った。

残された者たちは、ユージンに守られている。と同時に、苦しめられてもいるのだった。

明かりを必要最小限にした部屋の中で、まったく、と草は額をもんだ。

自分にあきれた。懐にあった自身の携帯電話が電池切れだった。

「いつ切れたんだろ……」

小蔵屋の店主を知っている協力者、あるいはキョウカからの連絡をすでに逃していたかもしれなかった。そうだとしてもまた必ず連絡がある、と自分を励まし、手早く充電器を出してコンセントにつなぐ。二台の携帯電話が草のベッドサイドテーブルに並んだ。

「眠りました。私は一旦、これで」

上着を羽織った丹山が、胎児のように丸まって眠るジュンのベッドから離れ、ドアへと向かう。草のために用意された紅茶から、ブランデーの香りが漂っている。琥珀色の酒が残るミニボトルも、マグカップと一緒にベッドサイドテーブルに置いてあった。足袋で歩き回っていた草は、右の足裏に骨が刺さるような痛みを感じたが、その足を爪先立ちにして丹山を見送りに行った。

「大丈夫ですか」

「ええ。単なる歩きすぎ。いろいろとありがとうございました」

「明日の朝、また来ます」

「ジュンくん、丹山さんのことが好きみたい」

丹山が照れくさそうに短い髭をなでる。彼には離婚歴があった。人の話では、多治見の窯元から独立する際に妻から離婚を迫られて呑んだのだった。子供がいるかどうかは話にのぼらなかった。

草はジュンを起こさないよう、一段と声をひそめた。

「丹山さん、もう一つお願いがあるんです。大阪まで行けるようにしておきたいの」

「大阪？　どういうことですか」

「それは……」

草は説明をためらった。

ユージンは、室橋が行った何らかの取引から命がけで現金を横取りし、逃亡資金と三人分の偽造パスポートを用意して、海外へ向かう計画を立てた。そうとしか考えられなかった。ジュンの切符には「新大阪」とあった。子供の迎えが京都市内のホテルへ来るのなら、当初より大阪の国際空港から出国する計画だったのではないか。偽造パスポートも、迎えの人物が何らかのルートで受け取って持っているはず。キョウカもその辺を重々承知しているのに決まっている。だから、彼女も大阪へ向かう。ならば、きっと充電中の二台の携帯電話のいずれかに連絡は来る。

だが、その推測を、草は話す気にはなれなかった。

「言ってください。そのほうが協力しやすい」

顔を覗き込んでくる丹山から、草はそっと視線を外した。

「生き残りたいなら、本気で力を合わせろ。そう言ったのは杉浦さんですよ」

知れば危険が増す。丹山にはこれ以上深入りさせられなかった。彼自身やその経歴に傷がつくのは、何としても避けたい。

「もう充分だわ。取引先の人間だから言われたとおりにした、何も知らない。いざという時は、必ずそう答えてくださいね」

「そんな」

「約束して。警察に訊かれるならまだしも、とんでもない連中が来ないとも限らないのよ」

「しかし、杉浦さん一人では」

「だから最後に、車と運転手を見つけてほしいの。電車やタクシーだと足がつきやすいから。なんとかなるかしら。お願いします」

丹山が一つ息を吐いて折れ、うなずいた。

彼が帰ると、ブーブーと音を立てて携帯電話が振動し始めた。草は小走りに急ぎ、また針を刺すように痛んだ右足を爪先立ちにして、画面が光る携帯電話に飛びついた。自身の携帯電話だった。由紀乃からだと知らせる画面の文字に、困惑した。電源コードがつながったまま、口元を塞ぎ、小声で携帯電話に出る。

「草ちゃん、寝てた？」

「ううん」

「でも、眠っていたみたいな声」

「どうかした？」

「どうもしないけど、京都はどんなかしらと思って」

草は胸をなでおろした。由紀乃がニュースを見て、もしやと思って電話をかけてきたのだとしたら、説明のしようもない。

大窓に目をやると、ふわっとした雪片がひとひら、ふたひら、淡い外灯に浮かび上がっては消えていくのが見えた。

「雪がちらついているわ」

「雪。風情があるわね。こっちはからから」

「人に勧められて変わったお店に行ったわ。うどん屋さんなのに、そこの息子が作るラーメンがおいしいの」

「やあねえ、京都まで行ってラーメン？」

由紀乃が、くすくす笑う。

「こういう、草ちゃんの旅のにおいが好きだわ」

「旅のにおい？　なあに、それ」

「今なら、こう……深呼吸するとね」

由紀乃が、こう、のあとに言葉を切り、実際に深呼吸をした気配がした。

「胸の奥をしっとりと冷たくする雪のにおいや、すごくおいしそうな関西出汁のにおいがして、あとね、遠いにおいがするのよ。遠い、遠いにおい。通った街や、すれ違った人や、たくさんの時間が埃みたいになってまざってるの。そのにおいは、帰ってきたばかりの草ちゃんからもするのよ」

「ねえ、それ、埃っぽい婆さんってこと？」

長いこと生きてきて、今やっと発見したみたいな言い方だった。草は小さく笑った。

由紀乃が、またくすくす笑う。

明日はどことも知れない草は、本当は何回も聞いたことがある旅のにおいの話、何回もしたことがある会話になぐさめられた。

ぬるくなっていた風呂の湯を少し抜き、熱い湯とボディーソープを足す。泡風呂の写真になっているラベルどおり、湯船はぶくぶくと泡立ち、グレープフルーツに似た柑橘系の香りが湯気とともにわき上がってくる。

長年使って干からびそうな老体を、滑らないように慎重に湯に浸す。

帯もとかずに横になってしまいたいと思ったが、こんな時だからこそ、と自分に言い聞かせて風呂に入ったのだった。湯を手で揺らし、泡をすくってみる。あれほど面倒だったのに、身心がほぐれてゆく。もう足裏にも痛みを感じない。

悪くないわね、と草はひとりごちる。

十年二十年経っても古いと感じないだろう、飽きのこないデザインと堅牢な造りの中にいると、それだけでも癒される。

こんな時に、贅沢な婆さんだな。

ユージンの皮肉が聞こえてくる。壁を背に隅の床に座り、洗面台の方へジーンズの足を投げ出すユージンが目に浮かんだ。彫りの深い横顔に、これといった表情はない。吸う気なのかどうかわからない煙草をくわえ、銀の重そうなライターの蓋を、片手で繰り返し開け閉めして鳴らす。稼業からして、客もいれば、つるむ仲間も少なくない。が、その姿はいつも孤独に映った。別の言い方をすれば、心の中に、誰にも絶対に触れさせないところを持っていた。

風呂から上がったものの、草は眠気を感じなかった。

期待するような情報をもたらさないテレビを、消そうとして、やめた。適度な雑音が、ジュンを眠らせている気がした。建物のどこからか、モーター音のような規則正しい唸りも微かに聞こえる。くまの寝息かしらね、とジュンの布団を整える。

ベッドサイドから浴室へ、浴室からベッドサイドへと場所を移して充電を続けている携帯電話のどちらにも新たな着信はない。

落胆とともにベッドへ腰かけ、ワッフル織の寝間着の裾を整える。ミニボトルの残りのブランデーを冷えた紅茶へ全部入れて一口飲んだその時、ベッドについた左手がちくりと痛んだ。丹山が帰った時に、足裏に感じたような痛みだった。歩きすぎると時々痛くなるけれど、手だなんて——草は不思議に思って左手のひらを見た。ベッドサイドの薄明かりを当てて目を凝らすと、親指の下のふくらみの辺りで何か小さなものが光る。指で触れてみたら、硬く、ゴロゴロ動いた。携帯電話の脇から老眼鏡をとってかけると、ガラスの破片が見てとれた。ああ、羅針盤のガラスか——草は納得して、散らかったベッドを片付け始めた。キョウカとジュンの荷物が散乱したままだった。ジュンのリュックに至っては、床に置かれたきり。逆さにして振ると、残りの靴下や犬のイラストの缶バッジなどと一緒に、まだガラスの破片が幾つか落ちてきた。ベッド上のジュンの荷物も振って寄せてみると、果てしない一日を象徴するかのように、そこにも光る破片が出てくる。

まったく妙な日だった。

あの帯留でさえ、と思う。

草は今、海図の机にあった浅葱鼠の分厚い台帳を見ていた。机に開いたままだったそれをめくり、卓上ルーペの角度を変えて覗いてみると、帯留を海図に戻してくれた神楽坂在住のフランス人の名――彼の姓に振られたルビは「カレ」だった――が、確かにあった。だが、それは昨年六月下旬、八か月も前の日付だった。

どうして――そう思わずに、いられなかった。

海図をこの前に訪ねた昨年夏、すでに帯留は戻っていたのだ。

が、金源はそれを言わなかった。

八か月。帯留を待つ側には長いものの、知らせる側には商売上の事情があって大した期間ではなかったのかもしれない。上客に売るつもりがあったとか、神楽坂の趣味人自身が後悔して買い戻すと申し出ていたとか。草もその辺は理解できたし、海図を出る時には次にしなければならないことで頭がいっぱいだった。だが、ここでこうしていると、帯留をめぐる意識のずれ、うっかり入った罅(ひび)のようなものが、今日一日に響いてしまったように感じられてくる。

疲れているのに、目は冴えてくる一方だ。

草は、アルコールが眠気を遠ざけるとわかっていながら、ブランデー入りの残りの紅茶を一息に喉へ流し込んだ。

目立つガラスの破片をつまんで集め、リュックへジュンの荷物を戻す。ついでにリュックのポケットまでくまなく探ってみたが、先々に役立つ手がかりや、羅針盤の針は出てこない。自分の寝間着、履いていたタオル地のスリッパも手で払っておく。塵のような破片を掃除しようにも道具がない。しかたなく、固く絞った濡れタオルを用意した。寝具の上から床へ、床からベッド下へと掃くように拭く。これでいいわ、と思った時、草はふと自分のしていることに既視感を覚えた。

金源さんも今日同じことをしていた、と。

「あ……」

海図へ入った時、金源も割れたガラスを片付けていたのではなかったか。塵取りと箒を持って。塵取りからは、ざざっという堅い音がしていた。机の上にあった銀のペン皿には、真鍮の針のようなものが置かれた。細長くて平たい、三センチほどの。

何かに突き動かされ、草はジュンのリュックを開けた。

取り出したのは、犬のイラストの缶バッジだ。

老眼鏡を頼りに目を凝らす。黄緑色の背景に賢そうな犬の顔が描かれた缶バッジには、上下の縁にそって白抜きの丸い文字が入っていた。「盲導犬チャリティ」「本郷動物病院」とある。

アンティークショップ海図には跡継ぎがなく、金源の一人娘は動物病院に勤務していた。

「なんてこと……」

草は慌てて口を手で塞ぎ、自分の携帯電話と書くものを持ってトイレへ入った。便器に腰かけ、足を机にする。動物病院は、その名から東京都文京区本郷だろうと当たりがついた。海図からもそう遠くない。電話番号案内で本郷動物病院の番号を聞き、夜間はつながらないかもしれないと思いつつ電話をかけた。

「はい、本郷動物病院です」

てきぱきした男の声が返ってきた。

「あっ……あの……」

「どうされました？　救急でしょうか」

「いえ。すみませんが、そちらに金源キョウカさんはいらっしゃいますか。金の源と書くほうの金源さんです」

あー、と相手が言いよどむ。

「あの……お休みでした？」

「どちら様でしょうか。私は獣医師の鈴木ですが、看護師の金源に何か」

草は黙った。名のるわけにもいかず、今以上に偽名を使う気にもなれない。

「他にも金源の欠勤を確かめるような電話がありましてね。今日、彼女はどうかしたのですか」

「今日だけ、無断欠勤なんですね」

今度は、相手が沈黙する。

キョウカは、つい昨日まで普通に勤務していたのだ。室橋の目をあざむくために。が、実子と金銭に執着する室橋は急な行動の変化を見逃さなかった。

「でしたら結構です。お忙しいところ、ありがとうございました」

電話を切った手が震えた。

金源も、ユージンに手を貸した一人だったのだ。二千万円を運ばせる役の人間を、帯留を使っておびき出した。明日京都へ行くついでに立ち寄ると聞かされた時の妙な間。戸惑い。まさか今日の明日とは思わなかったのだろう。おそらく、大金の運び出しが逃亡開始を意味した。あわてたに違いない。

ユージンに手を貸した人間には、彼に対する恩か、引け目があるはず。交流のない他人を見るようにユージンについて語っていた金源が、実際のところ何を考えていたのか、草にはまったく見当もつかなかった。しかも、逃亡者の中に一人娘がいる。普通は愛娘(まなむすめ)に、室橋の息子たちとの逃亡を許しはしない。もしユージンと恋愛関係にあったとしても、反対するに決まっていた。まして、手を貸すなどあり得ない。

「どうなってるの……」

携帯電話のデジタル時計に「2」が四つ並んだ。久実なら、カルガモの行列、とでも笑うところだ。ホテルへ着いて、およそ二時間が経っていた。草は顔に垂れてきた薄い白髪をかき上げる。今日は、まだまだ終わりそうにない。

2

十時になるなあ、と寺田が柱時計を見上げる。

はい、と答えた久実は炬燵の天板に肘をつき、顔を洗うようになでた。時間ばかりが過ぎる。片付いた炬燵の上で、ほうじ茶が冷めきっていた。一ノ瀬は染付の湯吞みを手にとった。大胆な筆さばきの、山とも大波ともとれる抽象的な絵柄の器が、この家では一ノ瀬の湯吞みだった。久実のそれは赤絵で、シュプールを思わせる伸びやかな曲線が重なり一輪の大きな花を描き出している。どちらも以前からあったものだろうが、草が選び、いつの間にか個々のものとして使うようになった。考えてみれば、仕事のあとに三人で作って食事する機会が多くなっていた。

「冷たいよね」

顔を上げた一ノ瀬は、久実の視線を受け、返事に詰まった。

「熱いの淹れるね」

「あ、うん」

態度を責められたわけではないと気づいたが、返事がぎこちなくなった。もっとも、家族からは言われ慣れている。冷たい。何を考えているんだ。非常識な。もう聞き飽きたといってもいい。

炬燵の上に置いてあった、一ノ瀬の携帯電話が鳴り出した。

「公衆電話からだ」

お草さんか、と寺田が身を乗り出し、急須を持った久実が早く出ろとせっつく。

ところが、出てみると相手は辺見だった。柱時計が正時の鐘を打ち始めた。一ノ瀬は二人に対して首を横に振り、縁側に立った。ガラス戸に映る自分の影を通して、夜の庭が見える。

「どうですか」

「品川で刺された女の身元は不明だ。思い出せないと本人が言っている。ショックによる一時的な記憶喪失、あるいは詐病」

「身元を知られたくない」

「その見方もある。男児はイシイジュン、アツシとも読むさんずいの淳だ。子供を探している男がやばい。室橋といって、東京中心に各地でこぢんまり薬物を売っていたが、今は工務店、バー、通販会社といったいくつもの正業の仮面をつけた悪党だ。従来の暴力団組織に属さず、人目につかない規模で、得体が知れない」

「半グレ上がりですか」

「どう名付けりゃいいのか。暴対法、暴力団排除条例も適用外。そのうちに、準暴力団とでもいう扱いで取り締まりが強化される日が来るかもしれないが」

「だけど、室橋についてそれだけわかっていたら野放しはないでしょう」

あるんだな、と辺見が呑気な声を出す。

「誰も明言はしないが、上が止めていたようだ。室橋は利口だよ。警察へ暴力団の情報を提供する一方、薬物の沼に警察や政財界のお偉方の親族まで引きずり込んだ。客のほうが週刊誌の記事にもなったことがある」

一ノ瀬は、そんな記事を読んだ記憶があった。元首相の名を挙げ、その息子かと訊いたが、それについては辺見の返事がなかった。

「都合が悪ければ、警察・検察だって証拠を隠蔽・捏造する。なんでもありだ」

そんな男がなぜ子供を追い回すのかと、一ノ瀬は先を促した。

「実父らしい」

「父親？」

「何日か前に、室橋という若い男がいなくなった。室橋のもう一人の息子で、同じ仕事をしていた。殺された可能性が高い。犯人は取引相手か、シマを荒らされた組織の線もあってまだわからないが、何らかの問題が起きて室橋の命令で殺されたとも考えられている」

「問題というと」

「さあな。とにかく、そういう父親だってことだ。殺人の疑いがある今回は、さすがに足元に火がついたと思うが。実際殺（や）っていても、どこかの組に上の子を殺され、下の子まで連れ去られた被害者だと主張するくらいはするだろうよ」

そんな男に捕まったら何をされるかわからない。最悪、強引に口を封じるだろう。まいったな、と一ノ瀬はため息をつくしかなかった。

「こっちの署でそれがわかってるってのも、まいると思うが」

「確かに。ここの固定電話に、警察から電話がありましたよ。いま手が放せないと、はぐらかしましたが」

「杉浦さんから連絡は」

「全然」

「無事だといいが。また何かわかったら連絡する」

一ノ瀬は炬燵へ戻り、久実と寺田に辺見からの電話だと伝えた。久実が淹れ直したほうじ茶を勧める。

「辺見さんて？」

「元警察官。今は探偵社をやっている。以前、内装のバイトとかが一緒だった。現職の警官に知り合いが多いんだ」

顔が広いなあ、と寺田が熱いほうじ茶を啜る。

「それで？」

一ノ瀬は、辺見からの情報をかいつまんで二人に話した。現実とは思えなかったのだろう。久実と寺田の顔には、最初ガセネタでも聞くような薄笑いが浮かんだが、やがてそれも消えていった。

まだ話していなかった、京都のホテルに男が訪ねてきた件も一ノ瀬は付け足す。

「じゃあ、今日の午後、危険な男が先回りしていたってことかい？」

「わかりません。ただ、お草さんも男が来たのを知ってキャンセルしたのじゃないかと」

絶対そうよ、と久実が自分を抱くようにして腕を組む。

「何よ、公介」

「え？」

「どうして黙ってたの？　お店に来た時に、すぐ言ってくれたらよかったのに」

「ああ……うっかりしてた」

久実が眉根を寄せ、違うでしょ、とむきになる。

「心配させたくなかったとか、話さないほうがいいと思ったとか、そういうことでしょ。そういうの、ほんと、いや。馬鹿にしないで！」

なんでそういう話になるのかな、と思い、一ノ瀬は首を揉む。

まあまあ、と久実をなだめた寺田が、まるで夫婦喧嘩だな、と笑う。

男たちの反応が余計に気に障ったらしく、久実が両の拳を天板に打ちつけた。

「心配したっていいの！　不安でいいの！　それが私のできることだから！」

弾みで染付の湯呑みからほうじ茶がこぼれ、一ノ瀬は慌てて手を引っ込めた。手のあちこちがひりつく。熱い飛沫がかかったのだ。久実もそれと気付いた様子だったが、台布巾で天板を拭いただけで謝りもせず、台所へ行ってしまった。ジャージャーと腹立たしそうに水を使う音がする。

たくましいなあ、と寺田が台所の方を見てから、一ノ瀬に顔を向けた。

「室橋や男の子を、お草さんは前から知っていたのかな」

「どうでしょう。縁のない世界のはずですけど」

「まあな。だけど、ある世界ではあるわけだ」

昔、と寺田が遠い目をする。

「同級生の家に遊びに行ったんだ。机が斜め前で、なんとなく仲良くなってな。家はアパートでさ。そいつは自分の部屋にいろいろ持っていて、おれの買えなかったロボットや怪獣、自分専用のテレビまであったんだ。親は留守、菓子は食べ放題。ラッキーってなもんさ。ところが、ある日、その子の父親が畳の上で昼寝しててさ。驚いたよ。タオルケットから出た裸の背中が、こう、半分以上見えて」

寺田が顔の前に手を出し、記憶の中の背中をなでるかのような仕草をする。

「びっしり入れ墨なんだ。般若と花。当時はファッションでタトゥーを入れる時代じゃない。その子の父親は堅気（かたぎ）じゃなかった。子供でもわかったよ。他のやつが遊びたがらなかったわけだ」

あいつとはそれっきり、夏休み前に転校したし、と寺田が微笑む。そうして自分の斜め右の、縁側の方へ視線を投げた。

「不思議でなあ。すぐそこにいるやつが、やばい世界にいるんだと思うとさ。だけど、誰もそのことを話さない。すごいよな。そんな事実は存在しないみたいに、だーれも話さないんだぜ」

寺田が炬燵に斜めになって寝そべり、手枕をする。

「忘れないよ。まあ、友だちとは呼べないけど」

いつの間にか、久実も台所と居間の境に立って聞いていた。蜜柑を盛った、目のつんだ竹籠を抱えている。

「その子も忘れませんよ、寺田さんのこと」

「びびりの、やなやつだからな」

久実が竹籠から蜜柑を一つ取り、横になっている寺田に手渡す。

「遊びに来てくれた子でもあるし」

竹籠ごと蜜柑を炬燵に置いた久実が、一ノ瀬の右手を見て冷やすかと訊いた。

首を横に振った一ノ瀬は蜜柑を取り、テレビのボリュームを上げる。品川駅の二つの事件に関するニュースが始まった。報道番組は、到着旅客機から出火した事故と、日本海側の大雪、再結成した人気ロックバンドの来日を伝えるだけで、すでに半時間ほどを費やしていた。

女性の刺傷事件、男児の連れ去りと老女の存在、二つの事件に関係があるのか、といったこれまでの情報がここでもまた繰り返された。

また炬燵の庭側についた久実が、

「お草さん、帰ったらびっくりするね。冷蔵庫がいっぱいで」

と、脈絡のないことをつぶやく。斜め後ろのテレビを見ている久実の表情はわからない。一ノ瀬の買った食材は、とりあえずこの家の冷蔵庫に入れてあった。

メインキャスターへと画面端から手が伸び、数枚の紙が渡された。

「新しい情報が入りました」

寺田が蜜柑を剝きながら、上半身を起こした。

「滋賀県で目撃情報です」

メインキャスターが長い髪を耳にかけ、初見の原稿にざっと目を通した。

「男児と高齢女性は米原駅で新幹線を降り、タクシーで移動、近江八幡市へ向かう途中琵琶湖の宮ヶ浜の手前で行方不明になった模様です。タクシー会社によりますと、気分が悪くなったと男児がタクシーを降り、様子を見に行った高齢女性もそのまま戻っていません。その後、湖畔の藪で男児のものと思われる野球帽が見つかり、現在、警察が付近の捜索を行っているとのことです。えー、心配な状況ですね。また新たな情報が入り次第、お知らせしたいと思います。続いては――」

水に落ちたのかい、と寺田が言い、二人ともですか、まさか、と久実が否定する。

「琵琶湖の水際は遠浅なんでしょ？　たとえ落ちたって自力で這い上がれるんじゃ……」

ちょっとした高低差でも、打ち所が悪ければわからない――一ノ瀬は弟の死を思い起こした。ただ、湖畔でタクシーを一旦降り、そこで行方不明になるという状況は考えにくい。

部屋の隅に寄せておいたノートパソコンを取り、琵琶湖東部の地図を見てみる。米原駅から、古い商家の町並みで有名な近江八幡市までは直線距離でも三十キロほどある。米原近江八幡市の中心部に今夜の宿を求めたのなら、琵琶湖から離れた東寄りの道路をまっすぐ行ったほうが近い。

「変だな」

すでに右から寺田、左から久実がパソコンの画面を覗いていた。一ノ瀬は矢印形のカーソルを動かし、米原駅から近江八幡市中心部を示した。

「近江八幡市辺りで宿泊するために、琵琶湖に近い方の道を行ったとすると、どう見ても遠回りなんですよ」

「ここの、えーと、長命寺っていうのか、その南の方にもぽつぽつ宿があるよ」

長命寺のある一帯は、標高三、四百メートルの低い山が幾つもあり、琵琶湖にせり出している。

久実が首を傾げた。

「だとしても、琵琶湖側の道は遠回りですよね。夜に湖を眺めたってしょうがないし、観光してる場合じゃない。それに、逃げるなら町中のほうが目立たないような」

「この辺り、行ったことがあるかい」

いえ、と答えた一ノ瀬は、草の立場になって想像してみる。子供を連れた高齢の身で、警察や追手から逃れるのは至難の業だ。

「誰かいないか」

えっ、と寺田と久実が一ノ瀬を見た。

「ああ、いや、お草さんは移動に公共交通機関かタクシーを使うしかない。でも、それじゃ、すぐに足どりが知れ渡る。車が必要だ」

「待てよ。お草さんは運転免許がない」

「レンタカーも無理で……」

「そう。だから、車を持っている知り合いに頼んだはずだ。町はずれでそっと乗り換え、湖畔へ警察の目を釘付けにする。一晩くらいの余裕はできる」

あっ、と久実が声を上げた。

「どら焼！」

何を言っているのかと一ノ瀬は横を見たが、もうそこに久実はいなかった。久実が一ノ瀬の後ろを回って茶箪笥の上に飛びつき、そこにあったパンフレットのようなものを持って店の方へ駆けていく。閉めきられなかった障子から、三和土の通路のひんやりとした空気が流れ込んできた。

どうしちゃったんだい、と驚く寺田の声にかぶって、居間の固定電話が鳴り始めた。

「おいおい、また警察か？」

「弱りましたね」

「風呂にでも入ってることにするか」

一ノ瀬は受話器を取った。声を出さず、相手の出方を待つ。

だが、向こうも声を発さない。

カーン、カシャッ、カーン、カシャッ、と何か規則正しい金属的な音がする。

どこからだと寺田に小声で訊かれたが、一ノ瀬は口元に指を立てた。続いている規則正しい金属音の向こうに、雑踏を感じる。クラクション。複数人が騒ぐ声。横断歩道が青になった時の、カッコウの鳴き声のような電子音も聞こえる。ほなな。行かへんの。関西弁の大声が通りすぎる。

炬燵の上で、一ノ瀬の携帯電話が短く鳴った。手にとって見てみると、知らない番号からだが、内容は辺見からのショートメールだった。

固定電話のほうは、依然、相手が何も言わない。

「誰だ」

一ノ瀬は問いかけた。

3

海図の店主が、娘の刺傷事件に気付かないわけがない。室橋を恐れるあまり表立って動けなくても、力になってくれるかもしれない——草は便器に腰かけたまま、アンティークショップ海図に電話をかけたが、延々と呼び出し音を聞かされただけだった。

「ええーと、下の名前は、確か……」

額に手を当て、店名の由来ともなっていた名を記憶の底からたぐり寄せる。金源の語った話が断片的に浮かんできた。海図。金銀財宝を乗せて行き交う船。日本列島を取り囲む大海原。

「あ……そうだ、和の海。和海」

再び電話番号案内を利用する。自宅住所は海図から徒歩数分の場所だったはずだ。難なく目的の電話番号は手に入り、草は深呼吸してからかけた。

長い呼び出し音の末に、はい金源です、とついに男の声がした。

「私です。わかりますよね」

「危ない人だ。今までここに、やつらが……」

金源が痛そうにうめく。どうしたのかと訊くまでもない。逃亡計画の全容について問い詰められ、痣だらけにされてうずくまる彼が見えるようだ。

「大丈夫ですか」

「今はやつらも慎重ですよ。目立つ殺しを続けるわけにもいかない」

「彼らがユージンを殺したと？」

「私は、あなたがどこにいるかとはたずねない。口は災いの元だ」

室橋による盗聴や監視の可能性を、草も考えなかったわけではない。

「キョウカさんから連絡は」

返ってきたのは、ため息だけだった。

「台帳を見ました。長年待ち続けたあれは、八か月も前に戻っていた。あなたは、それを使って私を……」

「ユージンが死んだら、そうする約束だった」

「金源さんがわかりませんよ。お嬢さんが、ユージンやジュンと逃亡することを許すだなんて。まして手助けするとは。ユージンが死ねばこんな……いいえ、死ななくたって、この上なく危ない橋だとわかっていたはずです。ユージンとキョウカさんが、それだけ愛しあっていたということですか」

質問はしないと約束するなら、と金源が前置きした。うんと言わないわけにもいかず、草は承知した。

「キョウカも、室橋の子です」

考えもしなかった話に、草は言葉を失った。

「資金繰りの苦しい時に、ある人物から金を借りた。取り立てに現れたのは、なぜかやつらでした。厳しい取り立ての中、妻は一部を身体で払った。それを知ったのは、キョウカが生まれたあとです。私は聖人じゃない。正直なところ、娘に対して人並みの愛情は持てなかった。それが後ろめたくもあった。だから、最後くらいは、と」

室橋のやり口に、草は血の気が引いた。

あの男の非道さを、金源も身をもって知っていたのだった。輸出入をしている海図自体が、室橋にとって利用価値の高いものだったのかもしれない。となれば、金源としても今さら、警察はもちろん誰からも痛い腹を探られたくはないだろう。

「まあ、最後までキョウカたちとは、いざこざが絶えませんでしたが」

売物の羅針盤を手にとったジュンが、咎める金源に返すよと投げつけ、近くのショーケースのガラスを割り、キョウカがジュンを抱えるようにして出てゆく。今日あの二人が立ち寄り、そんなことでもあったのだろうか。目に浮かんだ光景が、草は単なる想像とも思えなかった。

「一体、私はこれからどうしたら。何かわかることはあり——」

「質問はしない約束です。今後について言うことは何もない。悪いが、私にはここまでだ」

電話は切れた。

草は携帯電話を足に置き、目を閉じた。

金源が味方になってくれるかもしれないという淡い期待さえ消えてしまった。キョウカは金源を頼らない。そのことだけは明白だ。

寝よう。

くたびれ果てた頭に浮かんだのは、それだけだった。眠りにつくのが難しくても、やわらかなベッドに横たわるだけでいい。

ベッドサイドの明かりのみにした室内では、テレビの青白い光がちらついていた。ベッドへ戻った草は、途中だった荷物の片付けを済ませなければならなかった。ジュンのリュックを整えてサイドテーブル下に置き、続いてキョウカのハンドバッグを持った。大振りのそれはやわらかく、上質な革のにおいがして、中が空でも重い。これを荷物の入った状態で、姉を抱きかかえるようにして、ジュンは持って歩いていたのだった。

草はベッドの上に座り、繭のように膨らんでいる隣のベッドを見た。頭も出さずに、ジュンが丸くなって眠っている。

足を動かしたら、ワッフル織の寝間着から出た膝に硬いものが当たった。当たったのは、ハンドバッグの底の隅だった。まだ何か入っているのかと、広いマチを外から握ってみると、手に収まる程度の四角い硬いものを感じた。が、中を覗いてみても、底の裏地以外は何も見えない。

草は旅行鞄に携帯用裁縫セットがあったのを思い出し、その中の小さな鋏を使って、裏地の底の縫い目をほどいてみた。出てきたのは、黒くて四角い機器だった。カメラにしては小さく、携帯電話にしては大きいが、さして重くはない。

「何だろ……」

つぶやきは、部屋の薄暗がりに虚しく吸い込まれてゆく。答えてくれる者はいない。この虚しさに負けて成り行きに身をゆだねる自分と、あらためて金源キョウカの荷物を探って少しでも今後の手がかりを得ようとする自分を天秤にかける。前者は簡単だが、それは危険な道を選ぶのと同じだった。何もせずにいれば、今後ある場所で、あの時ああしていれば、と後悔するのに決まっていた。今は、どんなささいな努力もしないわけにはいかない。自分にそう言い聞かせ、あらためて空のハンドバッグ、さらに荷物の一つ一つを探る。

艶消しの金属製キーホルダーには、十三本もの鍵がついていた。勤務先、実家とその店等の合鍵を持っているにしても多すぎる。室橋の実の娘である以上、ろくでもない仕事を強制的に手伝わされていた可能性は高い。

大小四個あるメッシュ素材の黒いポーチは、おおむね外から見えるもの――衣類、ハンカチ、タオル、化粧品、洗面用具、イヤホンや電源ケーブルなど――しか入っていなかった。

ただ、しっかりとしばってあるハンカチの包みをほどくと、陶器の動物が一つ出てきた。

アフリカ大陸を思わせる、七色のカバだ。

「そういえば……」

草は眺めているうちに、これを海図のトイレの飾り棚に見たのを思い出した。

手のひらに載るカバの、顔はオレンジ色、揃えた太い前足は水色で後ろ足は黄色、幾何学模様の背中は群青色、オレンジ色、黄色、臙脂色、エメラルドグリーン、乳白色。

いかにも土や岩から生まれた自然な色合いだ。色面を区分する灰色の線がステンドグラスのような効果を与えてもいる。釉薬には透明感があり、全体に薄く入ったひび割れ、貫入(かんにゅう)にも趣があった。ずんぐりとした姿は愛らしく、灰色でアーモンド形に盛り上がった大きな目に小さな穴一つという独特の目つきは原始の仮面のように土俗的で、どことなく神秘的でさえある。

陶器の動物は確か、金源の妻の趣味だった。

娘にすれば、危険な旅の支えとなる、母の形見なのかもしれない。

つるんとして気持ちのいい七色のカバを、草は数回なでてから、もとどおりハンカチにくるんだ。

品川駅で今日、というテレビの音声に顔を上げる。音量は低めてあって聞き取りにくいが、画面の文字で内容がわかる。

《品川駅構内で逮捕された犯人は黙秘》

画面には、キョウカがホームに倒れている刺傷事件の静止画像が映し出されていた。居合わせた第三者が撮影したものだろう。

《品川の救急病院から被害女性がいなくなっているのを担当看護師が発見》

画面が、病院前の様子に切り換わった。

《逃走中の犯人と見られる黒いニット帽の男が侵入　院内の防犯カメラで確認された》

連れ去られたのでしょうか、とスタジオ側が問いかけ、その可能性が高いと見られています、と夜間救急口を背景に記者が答える。

ユージンだけでなく、まさか彼女まで——草はハンカチの小さな包みを握りしめた。キョウカの無事を強く祈る。神の手中にある羅針盤の針は、狂ったようにクルクル、クルクルと回っている。

一体、どこへ行ったらいいのか。今後、どうしたらいいのか。

誰も教えてはくれない。

約束の電話は鳴らず、頼りのはずの者たちは一人二人と欠けてゆく。警察を頼るわけにはいかない。何があっても、この子は室橋に渡せない。

「迷わずに行ける場所……」

老いた目に映ったのは、一本の単純な道、そして観音像の立つ丘陵と広い河原だった。紅雲町へ帰る。

そう心に決めた途端、草は腹の底があたたかくなり、力が湧くのを感じた。

キョウカのハンドバッグに荷物を戻し、ジュンのリュックの横に置くと、テレビを消してベッドの中へ入った。今後を考えれば、少しでも眠って体調を維持しなければならない。一日二日のうちに帰宅したとしても、その後どれほどの説明を求められ、どんな困難が待ち受けていることか。

目を閉じる。建物のどこからか聞こえる、モーター音のような規則正しい微かな唸りが、徐々に耳に大きくなってくる。追われるキョウカ。七色のカバ。リュックを背負ったジュンの後ろ姿。きかない顔をした少年のユージン。衣服の迷路。何回行っても迷う、あの街の一角。眼裏（まなうら）に、次から次へと何かが浮かんでは消えてゆく。

トントン。

軽いノックが聞こえた。空耳なのか現実なのか。草は目を開けた。

トントン。

二度目は少し大きくなった。確かに、誰かが叩いている。

草はベッドから上半身を起こし、息を詰めて部屋のドアを見つめた。

第五章　薔薇色に染まる頃

1

関西からと思われる無言電話が切れた。

その前に一ノ瀬は、知らない番号から送信された、辺見のショートメールを読んでいた。

《女がいなくなった》

品川の救急病院に入院していた女が消えたということだ。携帯電話の画面を見せると、寺田も難しい顔をした。

「電話は」

「無言電話です。雑踏に、関西弁が聞こえて――」

「いた、いた、いたーっ！」

興奮した久実が、障子を力強く開けて居間に飛び込んできた。寺田と一ノ瀬の間へ割って入り、手に持ったパンフレットを振る。

「こっ、ここ！　このホテル。丹山さんだった」

炬燵の上に急ぎ置いた二つ折のパンフレットの一か所を、じれったくてしかたないとばかりに久実の指がトントンと突く。発起人の箇所の「丹山慶悟（器作家）」を指していた。パンフレットの隅には、手書きで「仲間が増えました。お待ちしています。」とある。ざっとパンフレットに目を通した一ノ瀬は、そこが滋賀県の南東部に位置する、豊かに持続する社会を実現するための実験場だと把握し、寺田へ伝えた。

ここか、と寺田が信じられないものを見るようにパンフレットに見入る。

「いやあ、久実ちゃん、お手柄だ」

「なんか、ぴんときたんです。普通の親しいっていうのとも違うんですけどね。お草さんから聞く丹山さんは、無口だとか、ちょっとぶっきらぼうだとか。でも、丹山さんの器が売れるとすっごくうれしそうで、すぐ電話して追加注文して。だからこそ、このパンフレットの、お待ちしています、って本当に待ってるって感じがして」

「お草さんと直接話せたのか？」

一ノ瀬の問いに、久実が首を横に振った。

「丹山さんと電話しただけ。お草さんから相談されて、自家用車で琵琶湖からそのホテルまでお連れしましたって。偽名を使って丹山さんの親戚ということにして、三人で宿泊する形にしたみたい。お草さんもジュンくんも無事。きっと眠っているけど、元気だって」

話すうちにほっとしたらしく、久実が目を潤ませる。

「丹山さん、私たちがここでこうしてることに驚いてた」

一ノ瀬は、久実の背中に手を置いた。

「どら焼か。まっ、確かに同じ茶箪笥の上にあったけど」

「胃袋で考えたとか思ってるんでしょ」

笑いとともに安堵が広がる。笑い声が静まると、寺田が腕組みをした。

「品川の病院に入院していた女性がいなくなったそうだ」

えっ、と低い声を出した久実に、一ノ瀬は辺見のショートメールを見せた。

「犯人が一人逃走中でしょ。女の人、連れ去られたんじゃない？」

「さあな」

「さあなって……普通、刺された人が病院から抜け出す？　あり得ないわよ」

一ノ瀬は、寺田と顔を見合わせた。

「今、ここに無言電話もあったんだ。雑踏の中に、関西弁が聞こえた。関西からだと思う」

「おれは、ひやっとしたよ。また警察からかと思って」

「お草さんとジュンくん、一体、何人に追われてるの？」

不安がる久実を、一ノ瀬は炬燵の庭側へまた座らせた。

「室橋の一味に、警察。尋常じゃない。追手に捕まるわけにはいかないし、だからといって警察へ逃げ込めば、ジュンくんは悪党の父親の許（もと）へやられる」

うーん、と唸った寺田が、草用の座布団の脇に胡座をかき、ふと庭の方を見て目を剝いた。一ノ瀬が視線を追うと、ガラス戸の向こうに男がいた。

「辺見さん」

よう、と辺見は手を上げ、ガラス戸を開けろと催促する。一ノ瀬が中へ入れた時には、最強の味方を得たかのように寺田と久実の表情が明るくなっていた。久実が膝立ちになり、自分の使っていた座布団を裏返して勧める。ああどうも、と手をさすりながら上がった辺見は、ダークグレーのダウンコートと冷えた夜気をまとったまま炬燵に入った。こっちは自転車だぜ、と一ノ瀬に向かって言う。

「飲んじゃいましたか」

「ビールをピルスナーグラスに一杯。おかげさまで、もう何も残ってねぇよ」

ビールで自転車もアウトのような、と久実が肩をすくめたが、辺見は意に介さない。

一ノ瀬は寺田と久実を紹介し、草と男児の居場所がわかったと伝えた。

「ここです。器作家の丹山さんと信頼関係があったようで」

辺見は例のパンフレットを眺め、よかった、無事か、と口元のみゆるめた。

一ノ瀬は、十分ほど前に無言電話があったことも話した。

「関西から無言電話か」

「やつらですかね」

「まあ、室橋が使う連中はどこに現れても不思議じゃない。しがらみの多い組織と違って自由に手を広げ、いつの間にか商売を始めるし、やばければ即撤退する。ゲリラみたいなもんだ」

一ノ瀬の横に正座した久実が、辺見のために熱いほうじ茶を淹れた。辺見が両手で湯呑みを包む。

「ありがとう。申し訳ないが、こちらからはよい材料がない」

久実が眉根をよせた。

柱時計がまた鳴り始めた。長々と、十一時を告げる。

「警察が明日の朝、ここへ来る。おそらく開店前に」

「小蔵屋は明日、定休日なんです」

「そうですか。いずれにしても、ここに杉浦さんがいないのはまずい」

襖前に座り直した寺田が、炬燵の角を挟んだ辺見の方へ身を乗り出した。

「男の子を連れ歩いているのはお草さんだと、警察が断定したということですか」

「いえ。確かめに来るのでしょう。だから、いないとまずい。下手をすれば誘拐犯です」

そんな、と久実が声を高くし、お草さんは命がけで男の子を守っているんですよ、と辺見の袖にとりすがった。辺見は久実のその手に優しく触れ、そっと引き離した。

「この状況だ。車で迎えにいくしかない」

「どうしよう。朝の八時や九時に警察に来られたら……全然、間に合いませんよ。どんなにがんばっても往復十時間超え。それに、途中は雪かもしれない」

「無関係を装えれば、警察も室橋も追ってはこない」

急ごう、おれが車を出します、と一ノ瀬は立ち上がり、辺見に一緒に来るよう促した。運転なら任せろ、と寺田も立ったが、仕事で一日中運転していた人に無理はさせられない。

「寺田さんは久実と帰宅してください。今後はできるだけ普段どおりに。それがお草さんのためです」

ここにいたい、という久実に、寺田が首を横に振った。

「一ノ瀬さんの言うとおりかもしれない。周りが普段どおりなら、お草さんはそのぶん怪しまれない」

「おれと辺見さんは、明日、働いている振りして寝ることもできるから」

辺見がしかたなさそうにうなずく。それから寺田を見、一ノ瀬を見た。

「品川の病院の防犯カメラには、逃亡中の犯人が映っていたらしい。警察は、刺された女性を連れ去った可能性が高いと考えている」

寺田がテレビの方を顎で示す。辺見の情報を証明するかのように、テレビが同様のニュースを伝えていた。

外は、ますます寒くなっていた。頭上に星が輝いているものの、日本海側の大雪を知らせる雲が谷川岳方面から押し寄せてきている。

「気をつけて。何かあったら、いつでも連絡してくれよ」

寺田の言葉は、すべて白い息になった。寺田のセダンが店前の駐車場を出てゆく。寺田のくれた眠気覚ましのガムや飴を握り、一ノ瀬も店舗に向かって停めてあるランドクルーザーに乗り込む。

先に乗っていた辺見が、助手席のバックミラーをじっと見ていた。

エンジンをかけた一ノ瀬も、ルームミラーに目をやった。路肩に停車していた車から長身の男が降り、後方に近づいてくる。一ノ瀬は助手席側へ手を伸ばし、足元の側面にカバーごと張り付けてある車用脱出ハンマーを持った。片側の先端が鋭利なそれは身を守る武器にもなる。が、一ノ瀬の腕を、辺見が押さえた。

「遠藤だ」

助手席側へと回ってくる遠藤に目をやりながら、非番か、と辺見がつぶやく。遠藤は普段着だった。一ノ瀬は姿勢を戻した。辺見から遠藤について、最近は制服だ、と聞かされたのは草を見送った今朝のことだったが、やけに遠く感じる。

辺見は窓を開けて、なんだ、と訊いたが、遠藤は冷静な眼差しで一ノ瀬を一瞥すると、目鼻立ちの整った顔をさっと動かし、外へ出ろと仕草で示した。忙しいんだ、と辺見は答えたものの、ドアを開けて出てゆく。

いいかげんにしたほうがいい、と遠藤が言い、何が、と辺見が突っぱねる。開いたままの助手席の窓から、二人の会話は丸聞こえだ。

「つかませた金の効力も限りがある」

「そうか？」

「人事で、上も代わった」

「おまえが心配することじゃない。いざとなりゃ、大勢を道づれにムショへ入るだけだ」

辺見が車のドアに手をかけた。はったりには聞こえない。昔つかませた金とその証拠を盾に、捜査情報を聞き出し、他にも警察をさまざま利用しているのだろう。その辺は、一ノ瀬も察しがついている。ただ、遠藤のように辺見の身を心配する気にはなれなかった。辺見という男は誰よりも生きたいように生きている、とさえ感じる。

彼とは続いているんだな、と遠藤が運転席の一ノ瀬をまた見る。

「おれを守るために、大嘘をついてくれたんだと思っていた。自惚れだったよ」

否定を期待する遠藤の表情には、一ノ瀬ですら胸が痛んだ。

辺見はとりあわず、車に乗り込む。

「さっさと出せ」

おれに当たるなよ――一ノ瀬は口には出さず、ランドクルーザーを発進させた。店前の駐車場でぐるっと回り、車道へ出る。点滅するウインカーが夜道を黄色く照らす。辺見は前方を見ている。だが、心のほうは後ろの遠藤にあるらしい。

車は国道へ出る長い橋にさしかかり、一ノ瀬はカーラジオをつけた。ニュースの多い局に合わせると、洋楽の古いヒット曲が流れた。女の印象的な甘い声が、キスして、乳白色の黄昏の下で、とミドルテンポで歌っている。目に浮かぶのは輝く恋の情景なのに、それが間もなく失われることも予感させる歌声は、耳を捉えて離さない。

橋の終わりの信号が赤に変わった。

「遠藤には将来と妻子がある」

誰にともなく、辺見が言った。

だからって、よく仕事と恋人を捨てられますね。一ノ瀬は心の中で言い、ハンドルに腕と顎を載せる。

——おれ、遠藤さんに呪い殺されません？

いつだったか、皮肉を聞く辺見の微笑が寂しげで、あの時は自分が悪いことをしたかのように感じた。当時連れ歩かれた警察官のたまり場には、二度と行く気になれない。

「それ、いいかげんで取れよ」

ふいに、辺見が運転席側の窓を顎で差す。

なんだと思って車の外を見ると、サイドミラーに丈夫そうな手提げの紙袋が下がっていた。窓を開けて紙袋を取る。中にはどら焼や蜜柑の他に、久実のステンレスボトルが入っていた。ワンタッチの蓋を開けると、広い飲み口から熱い紅茶の甘い湯気が立ち上った。

さっきの話を聞かれたのか――一ノ瀬は、ぎょっとして辺見を見た。

「青だ」

辺見が携帯電話を片手に、しれっと言う。

後続車が、早く発進しろとクラクションを鳴らした。

2

二回目のノックを聞いた草は、ベッド上で身を起こした。サイドテーブルから、自分の携帯電話を手に取り、電源ケーブルを抜く。

部屋のドアの向こうは、しんと静まった。が、何者かの気配がする。

草の頭にふと浮かんだのは、ここにいない一ノ瀬の姿だった。彼がここにいてくれたら、となぜか思い、同時に、彼ならどうするだろうと考えた。どんな状況であっても、できる限り身を守る方法をとるに違いない。

草はベッドを降りた。すりガラスふう引戸の向こうの窓辺へまわる。ミニキッチンの引き出しから果物ナイフをとり、鞘から抜いた。そうして、ジュンのベッドへと急ぎ、掛け布団をはいで揺り動かした。薄目を開けたジュンに向かって、静かに、と言い、口元に人差し指を立てる。ジュンは眠気の靄の中から必死に這い出し、泣きはらした目を野生動物のように光らせた。ドアの向こうに誰かいるの、と草がささやくと、ジュンは即座に起き出してスニーカーを履いた。

トントン、とノックがまた聞こえた。今度は、一段と控えめな音だ。

草は、そこにいるのが丹山であるよう願いつつ、彼の携帯電話を鳴らした。その画面を見つめていたジュンが、ごくりと唾を飲む。

廊下で携帯電話が鳴った。

なんだとばかりに、ジュンが脱力し、身体をふにゃふにゃさせる。こちらが電話を切ると、廊下の携帯電話も鳴りやんだ。

「やだ……」

ほっと息をついた草は、ごめんごめん、とジュンに謝り、ドアへ急いだ。

ドアを開けると、黒い上着の男がいた。丹山ではないし、ホテルの制服でもない。草は、はっとして身構え、ドアを押し戻した。が、男のごつい編上靴(あみあげぐつ)がつかえて閉まり切らない。草は身体でドアを押さえ、男は靴の幅しかないところへ顔を必死に覗かせる。

「すみません、こんな時間に。あの、丹山さんは」

「あなたは」

「設備担当の山本です。事務所に、丹山さんがケータイを置き忘れて」

それを聞いても、草は警戒心を解くことができなかった。身体でドアを押さえたまま、預かります、と右手を差し出す。が、その時、相手の黒目はドア枠の方に釘付けになっていた。そこには、果物ナイフと携帯電話を握った草の左手があった。草は壁の方へ左手をずらして隠したが、山本と名のった男は明らかに怯んだ。男は携帯電話を無言で差し出し、編上靴を引っ込めて帰ってゆく。草は閉めたドアに背中から寄りかかり、大きく息を吐いた。今になって膝がガクガクする。

そばまで来ていたジュンが、目立っちゃったね、と言った。

「ほんと。丹山さんのケータイには、小蔵屋とか、杉浦草とか、表示されたわね」

不審がられる種をまいてしまった自分が腹立たしく、草は太股を叩いた。

「ただのおばあさんだもん、しょうがないよ」

ジュンの手には、電気髭剃りのようなものが握られている。

「それ、なあに」

「スタンガン。電気がビリッとくるやつ。枕の下に入れておいたんだ」

小学校低学年にしか見えない体格の子を、草はまじまじと見た。室橋の許に生まれ落ち、自分の食い扶持は自分で稼げと育てられたのだろう歳月を思う。あの男と生きるのも、そこから逃げ出すのも命がけだ。考えてみれば、ジュンのほうがこの危険な世界での立ち回りには長けていた。自分と同じ道をたどる幼い弟を見る時、ユージンがどう感じ、何を考えたか。想像しただけで、草は胸がつぶれそうになった。

「それ、キョウカさんも持ってなかったの？」

「キョウカはナイフ」

「そう」

次は頼りにしてるわ、と草は言い、ジュンにスタンガンの使い方を習う。簡単だよ、この安全装置を外して両手でこう構えて、とジュンが身体を使って教える。

「相手にくっつかれたら、こっちにビリッと流れてこないの？」

こないよ、とジュンがわかりきっていることとみたいに笑う。

草は両手で持って腰の辺りに構えてみてから、ジュンにスタンガンを返した。

「教え方が上手ね」

別に、とジュンが照れ笑いを見せる。草は、ジュンの後ろ首を手でつかんだ。

「がっしりとした、いい体格になる。首が太いもの」

背が高くなりたいのにな、とジュンが口を尖らせた。

ローテーブルの上で、丹山の携帯電話が鳴った。画面を見ると、彼の自宅からだった。

草は窓辺のミニキッチンを差し、刃物を鞘に戻して、とジュンに頼んでから電話に出た。

「杉浦です。携帯電話、預かっていますよ」

「よかった。そこに置いてきましたか」

「いえ、設備担当の人が部屋まで持ってきてくれて」

草はその経緯を話そうとしたが、すぐ着替えて荷造りしてください、丹山が言う。

「どういうことです？」

「そこを出るんです」

「ホテルを出るんですか」

草は振り向いてジュンを見た。ジュンはもう、ベッドの上に投げ出してあったジーンズを持っている。草が小刻みにうなずくと、ジュンが着替え始めた。丹山の話は続いている。

「実は、小蔵屋の森野さんから電話があったんです」

「森野久実から」

どうしてここがわかったの、と草は思ったが、先を聞いた。

「明日、小蔵屋さんに警察が来るそうです。疑われないためには、それまでに杉浦さんが戻らないといけない。あちらからはすでに、一ノ瀬さんと辺見さんが車で向かっています」

「公介さんと辺見さんが……」

辺見と聞き、草は一ノ瀬と関わりのある辺見探偵社を思い出した。辺見とは面識がなかったが、以前、山形県を訪ねた別件で世話になっている。

「ついさっき、一ノ瀬さんたちの車からも電話が」

うれしさ、疑問、不安、安堵が久実たちの姿とあいまって一遍に押し寄せ、草は言葉もなかった。携帯電話を持つ手が震えだし、片方の手で押さえつけたが、震えはやまない。

「双方から車を出せば、朝には戻れるはずです」

草は窓の外に目をやった。まだ雪がちらついている。

「雪が……。間に合うかしら」

「とにかく急ぎましょう。部屋で待機していてください。すぐ行きます」

すっかり着替え終わったジュンが、どこへ行くの、と問う。携帯電話を置いた草はジュンの前に膝をついて、その瞳をまっすぐ捉えた。

「私のところ。紅雲町へ帰るの」

ジュンの表情に、強い拒絶の色が浮かんだ。草は顔を見ていられなくて、ジュンをきつく抱きしめた。逃れようとする子供の力は、枯れた腕には痛いほど強い。だが、草は叩かれても蹴られても、ジュンを離さなかった。

「聞いて。品川の病院から、キョウカさんがいなくなったの。黒いニット帽の男が病院の防犯カメラで確認されてる。テレビで、そのニュースが流れたわ」

草の骨ばった肩にジュンが顔を埋め、獣のように唸り、暴れる。

「叩きなさい。蹴りなさい。なんなら、嚙みついたっていい」

頼みのキョウカが行方不明になり、迎えにくるという者からも一向に連絡がない。厳しい現実が小さな身体に染み込み、痛みとともに静まるまで、さほど時間はかからなかった。

「いいかい。これまでの希望に放り出されたら、新しい希望を見つけるの」

よすがとなる言葉は、老いた胸から幼い胸へと響き、骨伝いに耳の底へ返ってくる。

草は洟(はな)を啜るジュンをソファへ座らせ、身支度を整える。

クローゼットの扉裏にある鏡を覗くと、疲れ切った老婆が映っていた。まずは手早く髪を整える。白髪をなでつけた小振りのべっ甲の櫛を、盆の窪にまとめた小さなお団子に挿す。一分とかからない。それから足袋、長襦袢と身につけ、無地の紬を後ろへ回す。襟の左右を同じ位置で持ち、背縫い線をつまんで背中心を合わせ、片方ずつ長襦袢の袖を中へ入れる。着物の前を重ね、腰紐をし、身八つ口から手を入れておはしょりを整え、二本目の腰紐の下から指を入れて背中側の皺を伸ばし、伊達締めをする。自分好みの襟の抜き具合、帯の締め加減にすれば、着物が楽になり、同時に身体がしゃんとする。腹で息をし、いつもの手順でいつものように身体を動かすうちに、気持ちも自然と整ってくる。これができるなら、まだ大丈夫。そう鏡の中の自分に言い聞かせる。もっとも、何を見ていたのかはわからない。

鏡を見ると何度となく、ソファにいるジュンと目が合った。

身支度を整える草自身も、閉店後の小蔵屋に集まる久実たちを見、語りかけていた。

ああ、どら焼かな——お太鼓のたれを引いて弛みをとった時、思い当たった。茶筅筒の上に置いたどら焼の箱の隣に、ここのパンフレットは飾ってあったのだ。

3

ヘッドライトの中に雪が現れては、ふわっと舞い上がる。フロントガラスへ吸い寄せられるのはわずかで、大方が走行風に流されてゆく。真夜中の高速道路はトラックが多く、車体が壁となって視界を塞ぎ、対向車線のライトが目をくらませる。

一ノ瀬は右の車線に移ってアクセルを踏み込み、前に三台連なるトラックを追い越す。先頭の一台は加速して後続車との車間距離を広げていたが、一ノ瀬が脇から追い上げると速度を落とし、バックミラーの中へと遠ざかっていった。

梓川サービスエリアの案内板が後ろへ流れてゆく。小蔵屋を出て二時間が過ぎ、午前一時を回っている。仮眠していた辺見が、助手席の背もたれを起こした。

「次の梓川で代わる」

長野の雪は心配したほどでもありませんね。

普通ならそう言うところだったが、一ノ瀬はしゃべる気になれず、眠気覚ましのミント飴を噛みくだく。ドリンクホルダーから久実のステンレスボトルを取り、甘い紅茶を一口飲むと、強烈なミントの刺激が増幅され、目まで痛くなった。一体、久実は小蔵屋の駐車場で何をどう聞いたのか。金の話にしろ、恋愛沙汰にしろ、勘違いされかねない。大体、久実が来たのを知りながらその場で知らせなかった辺見の神経が、一ノ瀬にはわからなかった。思い出しただけで腹が立つ。一ノ瀬が置いたばかりのステンレスボトルに、辺見がずうずうしく手を伸ばしてきた。

「前を見ろ」

「よく飲めますね」

「毒でも入っているのか」

「本当に、あなたって人は」

紅茶を一口飲んだ辺見は、甘いのかよ、と顔をしかめた。

「あれじゃあ、おれまで金を盗った上に、本当に三角関係みたいでしょう」

「いやなら、彼女に説明しろ。所詮、信じたいようにしか信じやしないが」

高速道路情報に合わせたカーラジオが、この先の岡谷インターチェンジ近くで発生した事故を伝えていた。一ノ瀬は辺見と顔を見合せ、梓川サービスエリアへと入った。

店舗のある側はそこそこ明るく、駐車場には圧倒的にトラックが多い。

車を降りると、いかにも長野らしい冷えきった新鮮な空気に包まれた。腕を上げて身体を伸ばす。毛穴の一つ一つまでが引き締まり、眠気が吹き飛ぶ。

「今度は事故。よくもまあ、こう次から次に」

「飽きないな」

助手席から降りた辺見も、大きく伸びをしていた。

エンジンを切ったランドクルーザーから、ピキン、ピキンと金属が縮むような哀しげな音がする。

一ノ瀬は、北アルプス方面の真っ暗な夜空を見上げた。目に浮かぶのは、青空の下に淡く浮かぶ秀麗な稜線であり、不安定な岩を踏みしめて進む尾根だった。百数十万年前からの火山活動と浸食作用が作り出すあの峻険な山々は、近づこうとすればするほど神の御技としか思えなくなる。生死さえ神の掌中だと思い知らされる。

ええか、待ってえな、と関西弁が聞こえる。

小蔵屋で受けた無言電話を、一ノ瀬はまた思い返した。電話の向こうは雑踏で、何か規則正しい金属的な音がしていた。カーン、カシャッ、カーン、カシャッ。耳に残るあの音は何なのだろう。覚えのある音のはずだが、何なのかを言おうとしても喉元につかえて出てこない。

ごちそうさん、気をつけて行けよ、と男たちの太い声がした。

見れば、自動販売機へ行った辺見が缶コーヒーを持って戻り、トラックに乗り込む運転手たちに手を上げて応えていた。

「事故車両は路肩だ。通れる」

「行きましょう」

仲間同士で情報交換するトラック運転手と話し、道路状況を聞いたのだろう。辺見がしなければ、一ノ瀬がしていたことだった。

雪はやむでもなく、強まるでもなく、ちらちらと降り続いている。

4

草は携帯電話の時刻を見た。午前一時二十六分。ワゴン車が高速を進むほど、雪の降りが強まってくる。

　さきほどから、辺見と丹山が電話で話している。スピーカー状態にしてあるので、飯田インターチェンジを降りて車を乗り換える手筈であることが、草やジュンもあらためて確認できた。向こうの雪は小降りだという。

「二人の様子は」

「大丈夫です」

　お手数おかけして、と初めて草は話に入った。

いいんですよ、辺見さんは太っ腹ですから、と一ノ瀬の声がした。声が微笑んでいる。バイト時代の貸しがあるというようなことを前に言っていたから、そのせいなのだろう。

「小蔵屋には、まだ久実ちゃんたちが？」

「久実と寺田さんには帰宅してもらいました。今夜はみんなで食事して解散した。そういう筋書きで通したいと」

「寺田さんまで気付いたのね。こんなこと思ってもみなかったわ。本当にありがとう」

　杉浦さんの念力じゃなかったんですか、と丹山が言って双方で笑いが起き、一時間もすれば飯田ですから、それじゃ、と一ノ瀬が電話を切った。こんな時だからこその冗談だった。だから草も笑ったのだが、運転席の後ろに座っているジュンは顔をしかめ、自分を抱きしめていた。ジュンがどんなに念じても、あの世のユージンや行方不明のキョウカは助けてくれない。それが今の現実だ。

出発時、丹山がフロント係をうまく事務室へ行かせているうちに、草はジュンとホテルを出て、カイロ代わりに缶入りココアを持たされた。その缶は懐でまだあたたかい。

「後ろの座席で横になって眠ったら?」

ジュンは、向こうの窓に顔を向けてしまった。

草はそっと、ジュンの上着のポケットに自分の缶入りココアを入れた。これで両側のポケットからあたたまり、眠気に誘われるかもしれない。嫌がられはしなかった。というより、何もかも面倒になったように見えた。異母きょうだい三人で遠くへ逃げるはずが、一人残され、北関東へ向かっているのだから、どうこうする気力がなくなるのも当然だった。

さて、これからどうするか。

草は脇の車窓に目をやる。太筆の点描のような雪が斜めに流れてゆく。

三十分ほど走ると、路肩に赤い三角表示板があり、二台のトラックと社名の入った大型バンが停まっていた。警察車両はまだ到着していない。衝突したのだろうが、大したことはなさそうだ。ハンドルを握る丹山が、玉突きですね、と言う。草はそれを聞いて、別のことを考えた。極悪人の室橋を放置したことが、ユージンの死、引いてはこの騒ぎを引き起こしていた。ここで止めなければ、またこの子が犠牲になる。なんとしても、それだけは避けなければならない。

ジュンの当座の隠れ家は何とかするにしても、その間にキョウカが小蔵屋に現れなかった場合には、警察による保護、それを可能にする強力な後押しが必要だった。

「政治家か……」

草は目を閉じる。瞼の裏に、金工の帯留が浮かぶ。

心の中で、帯留を手にとる。菊や桜など繊細な花が立体的に組み合わされた、花束のような純銀製のそれは、手のひらの窪みに収まり、厚みと重みも心地よい。あの帯留を京都へ嫁いだ愛人に贈ろうとした男は、長年代議士で与党の要職を歴任してきた。あの人なら、と草は思う。あの人なら地元警察の幹部を動かせる。これまで、向こうは選挙への協力を求めず、こちらも政治家としての彼を利用したことは一切なかった。そんな関係も、これまでか。

面長に銀縁眼鏡。別の女を想う眼差し。代議士の顔を置いて小蔵屋を訪ねてくる姿。十代のまぶしい笑顔。利発そうな額。教壇のほうが似合いそうなワイシャツ姿。ろくに会いもしないのに、思い出はおかしなほどあふれてくる。淡い色をした記憶の海に、しばらく身をまかす。

損得ぬきの友人。そう信じてきた女への失望を、あの男の顔に見ることになるのだと思うと、草は胸が締めつけられた。せめて友として、そばにいたかった。

気がつけば、丹山が電話していた。一ノ瀬と辺見が先に到着し、居場所を連絡してきたのだ。スピーカー状態の携帯電話に向かって、もうすぐ着きます、と丹山が言う。

草は目を開けた。窓ガラスに水滴が流れてゆく。雪は小降りになっていた。細かな白いものは風にあおられては消え、どうかするとガラスについて溶ける。抗(あらが)いはしない。

「さあ、高速を降りますよ」

「ええ」

ジュンを見ると、倒した背もたれに身体を預けて目を閉じていた。眠り込んだらしい。

ワゴン車は飯田出口の矢印に従い、左へそれてゆく。

「また毛布を被ってください」

料金所で姿を見られたり撮られたりしないために、草は毛布で座席全体を覆ってジュンを隠し、自分もその中へもぐり込む。

大きくカーブして高速道路の料金所を出る。外を窺っていた草は毛布をはいだ。

ワゴン車は左に折れ、その先の道沿いにある店舗の駐車場へと入る。ゆるい坂の駐車場出入口を上ると、運転席側を道路に向けて見覚えのある四駆が停まっていた。その後ろに、ワゴン車がぴったりと着く。

やあ。どうも。先に降りた男たちの短い会話は明るかった。

歩道へ降りた草は、ジュンのリュック、キョウカのハンドバッグ、自分の旅行鞄を持って彼らの方へ向かった。伝えたい思いは山のようにあるのに、彼らの顔を見たら何も言えなくなってしまい、ただ頭を下げた。中継地点に過ぎなかったが、ほっとした空気に包まれた。微笑んだ一ノ瀬が荷物を四駆に載せ、ジュンくんは、とたずねる。眠っていると聞くと、今度はワゴン車からジュンを抱きかかえてきた。薄目を開けたジュンが、一ノ瀬の首に腕を回して抱きつく。

「ユージンだと思っているんだわ」

「ユージン？」

背広姿の一ノ瀬を前に、草は答えあぐねる。話せば長くなるし、説明のつかないところもあった。ユージンと一ノ瀬の外見は全然違うのに、一ノ瀬をユージンだと思うジュンの気持ちがなぜかわかるような気がした。

「じゃ、これで」

辺見と握手を交わした丹山が、一ノ瀬と草に声をかけ、先にワゴン車へ乗り込む。ここで少し休んでから高速に乗るという。礼を述べた草に、丹山は笑みで応える。一ノ瀬は四駆の後部の荷物を寄せて、寝袋を出し、一旦座席に横にしていたジュンを手際よくその中へ寝かせた。寝袋の胸の辺りを優しく押さえて離れようとした一ノ瀬の腕を、ジュンが甘えるみたいに引く。車に乗ってからも一度目を開けたのに、まるでユージンだと思い込もうとしているかのようだった。

「お草さんは、後ろの座席で横になってください。料金所で姿を見られないほうが」

「そうね。ありがとう」

渡されたもう一つの寝袋を広げて上にかけ、草は長い荷物みたいになって座席へ横たわる。四駆が発進する。

身を起こした草は、駐車場にぽつんと残ったワゴン車に、窓からそっと手を振った。

一ノ瀬は途中のサービスエリアで交代してまたハンドルを握ったが、草もジュンも目を覚ました様子はなかった。

5

眠り込む前の草から、これまでの経緯を聞き出した。それも、ある程度にとどまる。

ユージンという男の死、彼との出会いが入れ墨をしていなかった少年時代にまで遡る(さかのぼ)こと、死にともなう約束を果たすべく二千万円の現金を運び、東京駅でユージンの異母きょうだいであるキョウカとジュンに出会ったという話に驚き、一ノ瀬は辺見と顔を見合わせた。話したがらない草を、味方は多いほうがいいと辺見が説得したのだったが、室橋側への協力者とみられる海図の店主や、偽造パスポート屋らしき現金の運び先は具体的にどこだったかといった詳細には至らなかった。

——これ以上は話せない。知らないほうが身のためよ。

草の決心は固かった。

大きな取引の金を横取りして逃走資金にまわし、異母きょうだい三人で海外へ逃亡する計画だったのだろうと辺見は推測し、草もうなずいた。

——この子については、できる限りの手を打つわ。

そう言い切った草を肩ごしに見た辺見は、一体どういう婆さんなんだ、という表情を隠さなかった。

前方に一台の車もなく、先が見えづらい。追い越してきた車列は、バックミラーの中で小さな明かりになってゆく。一ノ瀬はワイパーを止めた。雨に変わっていたが、それもやんだ。

辺見が助手席で煙草をくわえる。

「吸うんでしたっけ」

「いや。やめた」

一ノ瀬は、辺見のマンションを思う。確か、あの緑色の部屋に煙草のにおいはしなかったし、灰皿もなかった。

「じゃあ、なんで持ってるんです」

「今朝、あいつが車に忘れて行ったんだ」

今朝というのは、昨日の朝のことなのだろう。一ノ瀬は、駅で見かけたバックパックの若い男を思い浮かべた。辺見がズボンのポケットからスリムなライターを出し、煙草に火をつける。カチッ、シュッ、と音がして、火と煙のにおいが広がる。一ノ瀬は何か言いたいような気持ちになったが、それが何かわからず、ちらっと辺見を見た。目が合った辺見が勘違いし、気付いたように窓を薄く開け、外に向かって紫煙を吐く。

「なあ、仕事」

「ああ……そういや、内装業ならあるかも」

気がのらなそうな鸚鵡返しだった。仕事を必要としている男は、肉体労働向きではないらしい。

「おれたちがバイトしていたところです。秋だったかな。偶然会ったら、仕事があるとか言ってましたよ」

「そうか」

「辺見探偵社で使ったらどうです？」

辺見は肩をすくめ、また紫煙を外へ吐く。

煙草の火は、細く開けた窓ガラスへ寄せられている。

佐久インターチェンジを過ぎると、トンネルが増えてくる。しかも長い。照明が延々連なる閉塞的な空間に吸い込まれては、時間と方向の感覚を失いそうになりながら、再び夜の山腹へと吐き出され、生き返った気分になる。

これってさ、と辺見が言った。

「死んだり生まれたりの繰り返しって感じだな」

四キロメートル弱の八風山トンネルを出て、またトンネルに吸い込まれる。一ノ瀬の目の端にいる辺見は、ずっと前を見ている。短い死を楽しんでいるような口調だ。

無機質な空間には自分たちだけだった。一ノ瀬は、できる限り遠くを見る。

「そばに置きたくて、でも、ずっと一緒は嫌だなんて」

「正直で、うらやましいだろ」

なら、遠藤との関係もてきとうに続ければよかったのだ。だが実際は、自分の職や情より、遠藤の将来と安定を優先した。辺見は肝心なところで嘘をつく。

「わがままだなあ」

「無理は続かない」

自分が微笑んでいることに、一ノ瀬は気付いた。高速道路は漆黒の山間を飛ぶように渡り、またトンネルへ突入する。

カーラジオが早朝五時のニュースを伝えていた。都内、他殺体、と聞こえ、一ノ瀬は運転席から耳を澄ませた。辺見が少々音量を上げる。

「荒川河川敷で発見された男性の遺体は、全身に暴行を受けた痕があり、死後一週間から十日ほどが経過していると見られています。警察は別の事件との関連もあると見て、被害者の身元特定を急ぐとのことです。遺体の男性は、年齢が二十代半ばから三十代、十字架などの特徴的な入れ墨が複数あり――」

後部座席で寝袋の擦れる音がし、聞き耳を立てている気配がしていた。やがて、洟を啜る音も聞こえたが、一ノ瀬は知らないふりを通し、辺見も無言でラジオの音量を下げた。

6

午前七時、夜明け前まで空を覆っていた雲は失せていた。

草は自宅玄関の引戸を開けて表へ出た。朝日のまぶしさに寝不足の目を細める。縞の紬に、裏が小紫の古典柄半幅帯をヤの字に締め、大判のショールをまとった。努めて普段どおりに、歩を進め、その調子に合わせて晴雨兼用の黒い蝙蝠（こうもり）傘を突く。道々、ペットボトルや菓子の袋といったごみを拾い、身体にそう形をした腰籠のビニール袋へ入れる。

紅雲町でも昨夜、少し雨だか雪だかが降ったらしく、湿った土のにおいが漂い、垣根の山茶花（さざんか）の葉も光っていた。

近所の主婦や老人と朝の挨拶を交わす。郵便受けから新聞をとった主婦からは、雨で済みましたね、と教えられて微笑み、小蔵屋の客でもある老人からは、ああ今日は定休日でしたか、と問われ、ええ、また明日にでもどうぞ、と微笑む。

変わり果てたユージンを、いつもどおりの紅雲町から思う。

土手を越え、広い河原の川辺に立った。すぐそこの湿った枯れ草に、打ち捨てられたユージンの姿が見えるようだった。護岸工事を施した対岸の上方にある国道では車が行き交い、その騒音は川音に混じって辺りを覆う。車は目的地へと急ぎ、川でさえ海を目指していた。それなのに——後ろを振り仰ぐと、丘陵の上からこちらを見下ろしている観音像があった。聖母に似た柔和なその表情が、今日は幾分非情にも映る。

人は生まれる場所も、親も選ぶことができない。所詮、人生は不公平だ。そんなことはわかりきっている。だが、だからこそ、自分とユージンをこれほど違えたものは何なのかと考えてしまうのだった。ユージンがここにこうしていても、自分が荒川の河川敷に打ち捨てられていても、何の不思議もないように感じられてしかたがない。

「まったく……」

心は乾くばかりだった。涙も出やしない、と思いつつ、ちり紙を懐から出して鼻をかむ。風邪気味らしく、洟を啜ってばかりいた。

昨夜、到着寸前にふと思い出して、キョウカのハンドバッグに隠されていた黒い機器を見せると、辺見が顔をしかめ、すかさずその電源を落とした。GPS。位置情報を知らせる機械があるのを草も知らなかったわけではなかったが、実物を見たのは初めてだった。居場所を知らせる信号を受信していたのが室橋だったなら、間もなく手下がこの界隈へやって来る。

——もっと早くに、この機械のことを思い出していれば……。

——どういう手かは知りませんが、できるだけ早く警察を味方につけ、子供を保護することです。それに、他にも手がないわけじゃない。

辺見は強くそう言い、辺見探偵社の名刺を渡してきたのだった。

草は首にかけた紐をたぐって懐から携帯電話を出し、由紀乃へ電話をかけた。

「もしもし、朝早くから悪かったわね。大丈夫？」

「不登校の孫は、まだ眠っているわ」

由紀乃は、あまりにショックだったせいか、口裏合わせの内容まで覚えていた。夜明け前に押しかけた草たちに驚き、大まかな事情を知ると、一ノ瀬に抱きかかえられたジュンにベッドを明け渡してくれたのだった。ジュンはまだ遺体発見のニュースを知らず、悪い知らせを避けるかのように眠り続けている。

「今、河原なの」

「いつもどおりね」

「ええ。いつもどおり。当座は、何にもなかった振りが役立つから」

「草ちゃんの頼みなら、きっと聞き届けてくれるわ」

「だといいけれど」

いよいよ誰を頼るか、由紀乃も今朝会った際に察しがついたようだった。ただ、二人の幼馴染みでもある男にいつの間にか別の感情を抱いたことを、草は話していなかった。

「何かあったら、すぐ電話をちょうだい」

「わかってる。とにかく、少し休んで」

由紀乃から優しくそう勧められた途端、自身の余裕のなさが身に沁みた。

「そうする。ありがとう。じゃ、また」

携帯電話を懐にしまった草は深呼吸してから、河原の祠、それから丘陵の観音に手を合わせた。風が丘陵から河原へと吹き渡り、湿った枯れ草をなで、着物の裾を揺らす。安心できる場所に戻ってきた実感が込み上げてくる。短くも長くもあった旅の間、何度も思い返したところに立っている。そう思っただけで、未来への恐れが薄れてゆく。

草は再び歩きだし、土手を越えた。比較的新しい住宅地の三つ辻まで行き、またいつものように地蔵にも手を合わせる。

「ジュンくんにも、安心できる場所がなくちゃね」

幼いままの息子の寝顔にそっくりな丸顔を見つめ、風雨にさらされてずれた赤い頭巾とよだれ掛けを直す。

7

一ノ瀬は、マンションへ帰り着いた。

着替えて出社するつもりだったが、結局スーツとワイシャツを脱いで、窓辺のベッドへもぐり込んだ。寝室の厚手のカーテンは少し開いており、レースカーテンから机の方へ朝日が差し込んでいる。

窓に向いて寝ている久実は、白と紺のボーダー柄トレーナー、ジーンズ、紺の靴下まで身につけ、携帯電話を握りしめていた。急な連絡に飛び出せる格好で横になったものらしい。その姿を目にした一ノ瀬は、眠る気になっただけでなく、隣の自分用のベッドへ入る気まで失せてしまったのだった。

久実の手から携帯電話を抜いてサイドテーブルへ置き、めくれていた布団をかけ直す。久実が眠そうに唸る。その背中にぴったり寄り添い、鼻を首筋に寄せて横たわると、疲労による妙な興奮がやわらいで眠気が増した。シャンプーやボディソープの甘い香りが混じった久実の体臭は、一ノ瀬にとって常にそういうにおいだった。仮眠してから出社するなら平常を装うために、梅園へ直行する、とでも会社に連絡しなければならない。脱いだものにしても、机の椅子の背もたれから落ちたままだから、あとで小言を言われるに違いなかった。だが、もう目を開ける気もしない。

帰ったんだ、と久実が回らない口で言った。起きてこちらを見ようとする久実を、強く抱きしめて動けないようにしたが、眠くて力がいまひとつ入らない。ああ、と返事をし、子供は由紀乃さんのところ、お草さんは朝の日課中だ、と付け足してから、寝かせてくれ、と頼んだ。紅茶をありがとう、とは言わなかった。こんな時に、辺見を連想させるような台詞は藪蛇だ。

久実がもぞもぞして、ジーンズと靴下を脱いで床へ落とした。あたたかく滑らかな脚に、一ノ瀬は自分の脚をからませる。

私たちって何になるの。

眠りに滑り落ちそうになりながら、そう聞いた気がした。返事をしようにも、重い眠りに口をふさがれている。もっとも、問いかけの意味があやふやで答えられない。今後夫婦や家族といった名の道を選ぶのか、という意味にも、こうしていて何か得るものがあるのか、という意味にも取れる。助手席の辺見が浮かぶ。形のよい額、どこか遠くを見るような眼差し。言葉がなんだ、とその横顔が笑い、所詮信じたいようにしか信じやしない、と続ける。高速道路のトンネル脇に遠藤が立っているのが見えるが、後続車が多くて停車ができず、乗せてやることができない。

ベッドに入ったはずなのに、と思う。眠っているのか、起きているのかわからなくなって目を開けると、ベッドに久実の姿がない。脱ぎ落としたジーンズと靴下はそのまま。他の部屋にも姿はなく、玄関には久実のスニーカーが片方だけ残っている。不安に駆られて後を追い素足のまま玄関を飛び出すと、部屋の中から聞こえた携帯電話の呼び出し音に足を止められ、しかしドアは閉まっていってロックがかかり、エレベーターのボタンは押しても反応せず、マンション最上階の通路に閉じ込められる。突き当たりの窓からは、遠く雪を頂いた谷川連峰が見える。息苦しく感じて窓を開けようとするが、押し引きしても叩いても窓はぴくりともしない。

自分の短い叫び声を聞いて、一ノ瀬は目を開けた。

ベッドには一人きりで、携帯電話が机の方で鳴っていた。目覚めきっていない身体で立ち上がり、机まで行って電話を取った。午前八時五十四分。着信画面には、梅園のむっちゃんの名があった。おはようございます、どうかしましたか、と一ノ瀬は言ったが、声がかすれた。寝起きか、と問われ、返事を控える。

「どうしたかと思ってな」

口調からして、周囲に人がいないのだろう。昨夜ニュースを見て、小蔵屋さんかと思ったよ、とむっちゃんが言ったのだった。

「梅園に直行だと、会社に連絡入れるよ」

「そうか。電気系統の打ち合わせとでもしておくといい。大丈夫か」

「うん。帰っては来た。あとは……なんとかなる、というか、みんなでどうにかする」

「みんなで、か」

むっちゃんの声が微笑む。

「おまえの口から、そういう台詞が聞けるとは。やっぱり、結婚してもらえ」

どうしてそういう話になるのかなあ。

心の中でそう言った一ノ瀬は、じゃあ、とだけ口にして電話を終わりにしかけた。だが、これだけは言える、とむっちゃんの話が続いていた。

「僕には勇気がなかった。落胆、失望、倦怠と死。押し寄せる何もかもを引き受ける勇気が。どう進んでも茨(いばら)の道だ。二人で歩いてみたらどうだ」

明るい口調には、聞き流せない重みがあった。

一ノ瀬は返す言葉が見つからず、電話を切った。

机にメモが置いてあった。

《公介へ　由紀乃さんのところへ遊びに行ってきます。会社に連絡は？　久実》

「遊びに、ね」

メモを手にとり、あらためて見る。

久実の文字は読みやすく、少しだけ丸みがある。彼女の書く姿が目に浮かんだ。筆運びが特別丁寧というわけでもないのに、なぜか一言一言語りかけているように見え、なんとなく眺めてしまうことが多かった。

年々、弟の姿は薄れてゆく。古い一眼レフのレバーに指をかけ、フィルムを巻き上げる手つき。いつも見下ろす角度にあった、呼ぶとこちらに向く顔、ファインダーを覗く頭。古いジッポーや腕時計に興味を示す姿。そんな些細な記憶が、ピントの甘い映像のように現れては胸を締めつける。この日常の、あるいは久実の、何がそういうものに変わるのか。その答えを知る時は、どういう形にせよ、いずれやって来る。

ベルふうのやかましい電子音が響き、一ノ瀬は我に返った。

もとから机に置いてあった、デジタルの目覚まし時計を止める。その拍子に、首の後ろから前へネックレスの飾りが垂れ落ちた。二つの輪を組ませたデザインで、久実も同じものを身につけている。始業時間の三分前。久実がセットしたのだ。普段は二人とも携帯電話のアラーム機能を使うから、この音を聞いたのは初めてだった。

8

柱時計が、九つ鳴った。

草は電話番号のメモを持ち、固定電話へと手を伸ばす。車中で数時間仮眠したのみだったが、妙に目が冴えていた。

幼馴染みの東京事務所の連絡先は、ノートパソコンを使って検索した。考えてみたら、彼からは名刺すらもらった記憶がない。

固定電話の数字を押すたびに、長年の信頼を一つ一つ壊してゆくような気がした。電話に出た秘書らしき女性に、紅雲町在住の杉浦と名のり、代議士とは幼馴染みで早急なお願いがあり本人から折り返しの電話をほしい旨を伝える。相手のやわらかな口調が若干警戒を帯び、電話は第一秘書に代わった。

「紅雲町の杉浦様、大変お世話になっております」

面識もない相手が、丁寧な挨拶をする。

「お急ぎとのことですので、私がご用件を承りまして申し伝えますが」

「ありがとうございます。ですが、直接のほうがよいかと。連絡先もご存じですから、どうぞよろしくお伝えください。お電話お待ちしております」

相手がなお用件を聞き出そうとしたが、草は耳に入らなかったかのように、お忙しいところ失礼いたしました、では、と受話器を置いた。まだ何もしていないのに、大仕事を終えたかのように息をついてしまった。垂れてきた洟を拭き、念のため携帯電話にも東京事務所の電話番号を登録しておく。

ごめんください、と玄関の方から声がまたした。

電話を切る時にも同じ女性の声が聞こえ、誰だか知らないがまたにしてもらおうと思っていたのだったが、草はしかたなく立ち上がり、玄関の引戸を開けた。

「まあ、牛亭さん」

「ごめんなさい。開店前にと思って来てみたら、定休日だったのね。ちょっといいですか」

「ええ、どうぞ」

取り込み中もいいところだったが、当座は普段どおりを装う必要があるし、暇ではない牛亭さんを思うと断れなかった。先に居間へ上がり、奥の和室の旅行鞄が見えないよう襖を閉める。

牛亭さんはコーヒーを淹れようとする草を制し、自分で座布団を持っていって縁側に正座した。

「気持ちいいわ。庭が見えて」

「小さい庭で」

「おうちも素敵。居心地がいいの。小蔵屋さんは猫みたいだわ」

「猫？」

「猫は気持ちいい場所を知っているでしょう」

「この歳じゃ、化け猫かしら」

草はくすくすと笑い、やっぱり私が飲みたいから、とコーヒーを淹れることにした。

自宅でも淹れられるのに、誰もいない店にあえて一人立った。

三和土を草履で踏む感触を味わってから、カウンター内で琺瑯のポットに湯を沸かし、コーヒーの粉を計量してドリッパーにセットしたフィルターへ平らにする。自宅にあった大納言の羊羹を切る。まずは、形の悪い端を薄く切って自分の口へ。こっくりと甘く照り照りした羊羹の、鈍い光りを放つ断面には、それは大粒の小豆が現れる。それから、細口のドリップポットへ熱湯をこぽこぽと移して適温に。

少量の湯をかけて粉が蒸れるのを待ち、また湯を注いできめ細かな泡のドームとなるのを待ちするうちに、耳に客たちの楽しげなおしゃべりや笑い声が聞こえてくる。コーヒーの香りに包まれながら、湯気の中に人々の笑顔を見る。

背後の作り付けの棚から、牛亭さんのために青い水に似た釉薬が瑞々しい白磁の器を、自分のために私物の古い染付の蕎麦猪口を選ぶ。羊羹はモダンな粉引の小皿に載せ、黒漆に錫粉の和菓子切を添える。

ほんの少しの丁寧な時間の中で、草は身心がほぐれ、気力が湧いてくるのを感じた。

「どうぞ」

「贅沢。定休日の小蔵屋さんに、自分だけのコーヒーを淹れていただくだなんて」

牛亭さんは器につられるように鼻を向け、香りを深く吸い込む。

縁側にコーヒーと羊羹を出した草は、座布団を持っていき牛亭さんの隣に正座した。

数羽の雀が、庭の日だまりに遊んでいる。

入籍はやめることにしたんです、と牛亭さんは言い、コーヒーに口をつけた。草もコーヒーを飲む。まろやかな苦み、微かな酸味と甘みが口の中に広がり、うっとりするような芳ばしさが鼻から抜ける。おいしい、としみじみ思う。だが、頭に浮かんだのは、木の葉形で蓋付きの萬古焼のキャンセルだった。

「とすると、いままでどおり」

目の端にいる横顔の牛亭さんが、白磁の器を手にしたまま、少々顎を上げる。外巻きのグレーの髪も揺れる。

「あの人、別の女性との間に三十になる子がいるの」

まあ、と草は相槌を打ったものの、さほど驚きはしなかった。世の中にはままある話だ。

「認知はしていない。相手が望まなかったみたい。彼がその人と終わる前から、私も気づいていたけれど、ずっと知らない素振りを続けてきたわ。考えてみたら、それも距離のある関係だからできた。離れている時間が、私を楽にしてくれたのね。なのに、今さら入籍だの、結婚式だの……どうかしていたわ」

ふふっ、と牛亭さんが小さく笑う。

「まめで真面目なのよ、あの人。相手を見つめて、元気づけて、惜しみなく何でもしてくれる。誰にでもね。そこが好きで、大嫌い」

愛しているのね、と草は思った。だが、黙っていた。わざわざ言葉にしなくても、牛亭さん自身が骨身に沁みているに違いない。

「ねえ、こういう関係、なんて呼ぶの？」

風が万年青（おもと）や笹を揺らし、雀が飛び立つ。答えられない草は、ただ微笑んだ。

玄関の方に、いつからか制服の警察官が立っていた。

三十代だろう大柄なその人に、草は見覚えがなかったが、もちろん何をしに来たかはわかった。会釈してガラス戸を開ける。

けれど、警察官は庭へ入らず、その場で笑みを浮かべて会釈を返してきた。パトロールですか、ご苦労さまです、と労ったのは牛亭さんで、うちの常連さんなのよ、双子のお嬢ちゃんたちがかわいくて、とうれしそうに小声で付け足した。

そんなわけで牛亭さんに助けられたの、と草が伝えると、久実はパジェロの脇で苦笑した。牛亭さんの白いＢＭＷと入れ違いに、店前の駐車場へ入ってきたのだった。

「萬古焼のキャンセルは残念でしたけど」

「まあね。でも、それも商いだから」

久実がすでに由紀乃宅へ遊びにいってきて、起きていたジュンとも話し、これから昼食を買ってくるという。

「そしたら、お昼は由紀乃さんのところで。お草さんの分も買ってきますから」

礼を言った草は、がま口を懐から出して現金を渡そうとした。だが、今日は私に任せてください、と久実が受け取らない。草は微笑み、そのうち笑いがこみ上げてきて、我慢できなくなった。笑いを堪えようとしても、肩が揺れてしまう。あんなひどい騒ぎだったのに、久実とこうしていると、何事もなくけろっとしているみたいで可笑しくなってしまうのだ。やだ、なんですか、と久実も言って笑い出す。

「私たち、疲れてるのよ」

「そうですね。かなり、疲れハイ」

二人して目尻を拭って、笑いをおさめる。

「ああ、そうだ。寺田さんに連絡しなきゃ。心配かけちゃって」

「平気です。朝、私が連絡したし、牛亭さんに助けられた話もまた伝えておきますから」

時々洟を啜る草に対し、私たちのことなんかいいんです、まずは身体を大切にしてください、と久実が力説する。

「ありがと。じゃ、お願いしようかな。明日には寺田さんにだって会えるし」

草はカーラジオで聞いた、荒川河川敷のニュースについて話した。遺体がおそらくユージンであること、ユージン、キョウカ、ジュンは極悪人室橋を父とする異母きょうだいであること、ひどい生育環境のユージンを少年の頃から知っていたことも簡潔に伝える。

「午後、ジュンくんにもこのニュースのことを話すわ」

「大丈夫でしょうか」

「隠したって、すぐにわかることだから」

久実が自分を納得させるかのように、何回もうなずく。

「人って、わからないものですね。あんな小さな男の子が、こんな目に遭ってるだなんて、ほんと見た目じゃ全然わからない。牛亭さんにしても、全然」

久実がパジェロによりかかり、空を見上げた。

「この頃、思うんです。私って、公介の何をわかってるのかなって」

久実の指が、二人の揃いのネックレスをもてあそぶ。

親友にさえ話せないことがある。そのせいか、草は昔から相手の何もかもを知りたいとは思わなかった。所詮無理だし、傲慢だとさえ感じる。

「知らない面が多いのも、魅力なんじゃない？」

「魅力……」

「そう。だから、面白いんじゃないの、公介さんは」

久実が破顔し、うつむいて、駐車場の白線をつま先で蹴り始めた。

「まあ、確かに、面白い、です」

右膝から下をぶらぶらさせ、蹴るたびに言葉を重ねる。

さあて、と草は気分を変える声を出して、伸びをした。

「お菓子でも持って由紀乃さんのところへ行こうかな」

もうコンビニでたっぷり買っていきました、と久実が元気に言い、姿勢を直した。

「こんな時こそ甘いものと思って、コアラのマーチとか、マーブルチョコレートとか」

「さすが、久実ちゃん。じゃ、手ぶらで行くわ」

他に何かほしいものがあったら電話くださいね、と久実が車に乗り込む。

長命寺の写真を古いアルバムに見つけたのは、久実を見送ったあとだった。石柱に西国三十一番札所とある色褪せた写真が、草の記憶を鮮やかに呼び起こした。山腹の境内から見下ろす湖畔の景色に魅せられた一枚もあった。それから朱塗りの三重塔、石畳が招く本堂。それらは整った短い石段の上にある。だが、記憶に現れたのは荒々しく延々続く急な石段だ。下る足元に迫る、割肌をさらした不揃いな石の群れ。あるところでは上にも下にも誰もいない。草履では、という忠告が耳の底にこだまする。行きは上までタクシーで行って石段を少々上り、帰りは全部歩いてみたのだった。数日間、筋肉痛は脚に焼きつき、無事下り終えた満足が胸を満たした。

思い出しさえすれば、今なお胸が満ちる。あらためてノートパソコンで検索したら、八百八段あるのだという。少しでも休めばいいこんな時になぜアルバムを開いたのか、草自身にもわからなかった。ただ、あの辺りに確かに行ったんだ、と手応えを感じた。昔も、昨日も、確かに行ったんだ、と。

だとすれば、満月に輝く琵琶湖も見たことがあるのかもしれなかった。昨夜タクシーの中で想像しただけでなく。実際に見たから思い浮かぶのか、想像したから思い描けるのか。今となっては、どちらも大差ない気さえする。いずれにしても、思うことなしにはあり得ない。

昼下がり、草が荒川河川敷のニュースを伝えたものの、ジュンは取り乱さなかった。段差のないバリアフリー住宅の掃き出し窓に向いてごろんと横になり、膝を抱えただけだ。その様子はかえって草の胸に応えた。ソファにあった厚手の膝掛けを借り、身体にかけてあげるしかできなかった。久実はマンションへ帰り、由紀乃は自分のベッドで横になった。

いつの間にかソファで眠り込んでいたことに草自身が気付いた時には、夕方になっていた。壁掛け時計は五時になろうとしている。

庭に面したすぐそこの掃き出し窓が開いた音を聞いたような気がしたのだったが、レースカーテンも窓も閉まっている。ジュンの姿が見えない。草はソファから身を起こし、辺りを見回したものの、それでも姿がなく、家中を探しまわった。

廊下で、トイレから多点杖を突いて出てきた由紀乃に鉢合わせした。

「草ちゃん、どうしたの」

「ジュンくん見た？」

「あら、ソファの方にいない？」

ジュンを最後に見た掃き出し窓のところへ戻った草は、足元に見慣れた手提げ紙袋を見つけた。今回も泊まるはずだった京都のホテルのものだ。中には、胡桃の飴炊きが二瓶、それと紙が数枚入っている。広げた紙に目を凝らせば、ホテルの領収書だった。この何日かの間、大阪のビジネスホテルを転々とし続けていたとわかる。この者が京都のホテルのフロントで、杉浦草に会いたいと言ったのか。ぼんやりとした推測が、瞬く間に確かさを増してゆくように感じられた。呼ばれたように顔を上げると、レースカーテンの向こうにある掃き出し窓の鍵が開いていた。

どくんと、草の胸は波打った。

懐の中で、携帯電話が鳴った。首にかけている紐をたぐって取り出すと、画面には一ノ瀬の名が表示されていた。久実から昼の話を聞きました、と言われて答えられず、眠っていたところでしたか、と問われて否定する。ちょっと変なことを思い出したものですから、と一ノ瀬は続ける。

その間にも、草は掃き出し窓を開け、庭を見た。サンダルの脇に黄色い粒が、玄関前へ続く方に赤い粒が落ちていた。碁石の形に似た糖衣の、マーブルチョコレートだ。

「実は昨夜小蔵屋の固定電話に、無言電話があって。向こうは関西弁の雑踏で、繰り返し金属音がしたんです。カーン、カシャ、カーン、カシャと規則的に何回も。あれはライター、ジッポーの蓋を開け閉めする音だと思うんです。ひょっとして、心当たりがありじゃないかと」

ええ、と草は答え、ごめんなさい、またあとで、と電話を切った。胸の鼓動が激しく、それ以上の会話はできなかった。ジュンのリュック、キョウカのハンドバッグも見当たらない。

「草ちゃん、どうしたの？　ねえ……」

落ち着いてここにいてと仕草で伝えた草は、大判のショールを羽織り、玄関で草履を履いて道へ出た。すると、今度は左の先に水色の粒が、バスの通りに出るとさらに丘陵方向へ、つづら折りの羽衣坂(はごろもざか)の方へと、ピンクや黄緑、オレンジ色といった色とりどりのチョコレートがぽつぽつと落ちていて、こっちだよ、と手招きしていた。

草は息を切らし、胸を押さえて先を急いだ。

坂の下の神社を右手にして、羽衣坂を上り始める。それまで多かった車が急に減る。斜面の方々へ伸びる四叉路では、唯一センターラインのある左のなだらかな道に黄色い粒が落ちていた。辺りは鎮守の杜や道沿いの杉があって一旦暗くなるものの、やがて左右に低層マンションや平屋が現れ、視界が開ける。息子の月命日で上の寺まで通いなれているはずの道がまったく違って映り、押し寄せる予感、疑い、湧き上がってくる感情が混沌となる中をかき分けるようにして進む。心臓が破裂しそうに躍る。もしこれが本当なら見届けるまで持ってちょうだい、と自分の身体に言い聞かせる。その時、左手の見晴らしのいい空き地の前に、マーブルチョコレートがひとかたまり落ちているのが見えた。

近年まで人家だった空き地には、「売地」の看板が立ち、シルバーのセダンが向こうむきに停まっていた。

大空と屋根の海を背景に、運転席から背広姿の男が降りた。髪は短く、胸板が厚く、服の上からでも筋肉がわかる。ドアを閉めつつ、ゆっくりとこちらに向く。下ろした前髪の下の、黒縁の眼鏡が外される。右目の周囲の傷や打撲痕はまだ痛々しい。ユージンだった。身体も痛むらしく、動きが多少ぎこちない。

「日が落ちるまでの約束だった」

そっと消えるつもりだったが、マーブルチョコレートを道々残してきたジュンのために、日が落ちるまでここで待ってみる約束をしたのだろう。

「いち……位置情報の、機械で……こ、ここが……わかったのね」

呼吸が苦しく、身体から力が抜けそうになった草は、帯の辺りでジュンを受け止め、逆に支えられていた。ジュンは左の後部座席から飛び出しきて、体当たりするかのように抱きついてきたのだった。

「きょ……京都のホ、ホテルに……来た？」

「ああ。一応、この顔を見せようと思って」

助手席からも人が降りた。二の腕までの長い黒髪に、ゆったりした厚手のニットワンピースという姿だが、キョウカだった。青白いものの、たれかげんの目の人懐こそうな顔が微笑む。

「無事……だったの」

キョウカは右手を胸の前で握り、自身の左脇腹へすっと持っていった。逆手に握った見えないナイフが彼女を刺す。品川駅の件は自傷だったと教えたのだ。なぜと訊くまでもなかった。追手を警察に追わせ、幼い弟を守るために他ならない。

そうして、病院でも追手からすんでのところで逃げおおせたと続けた。

「バーの二階のあの血、私がユージンから抜いておいたものを足したんです」

ぼくは知らなかった、とジュンがキョウカをにらむ。ユージンが生きていると知っていたのは、当人とキョウカといった限られた者だけなのだろう。

直前に制裁を加えられた場所を、そのまま殺人現場に仕立て、ユージンは姿を消したのだ。そこまで工作したのなら、殺人の証拠となるよう、室橋が所有する車などにも血痕を付着させてあるのかもしれなかった。

「荒川河川敷の遺体は?」

黒縁眼鏡をかけて近づいてきたユージンが、小声で答えた。

「取引相手だ。二千万を払った、もらっていないでもめた挙げ句、室橋が殺った。直に、警察へ匿名の目撃情報が寄せられる。過去の犯罪の証拠も。警察が動かなければ、マスコミとネット上にばらまかれる。報復を受けるか、逮捕されるか、いずれにしてもやつは自分の首を絞めたんだ」

草は今さらながら寒気に震えた。自分の運んだ現金には幾人もの命が懸かっていたのだ。そばにこうしていると、ユージンという男の冷徹さをひしと感じる。長い歳月、涙の枯れた目で何を見つめ、傷だらけの身体でどこを目指してきたのか。彼の企ては、これからも秘かにあちこちで破裂し、卑劣な人間をひたひたと追いつめ、やがて業火に包むのだろう。それだけ大勢が苦しめられ、犠牲者のために立ち上がったということだ。ユージンに手を貸した者たちは、単に協力したのみならず、ましな生き方を選んだのかもしれない。

「おれたちは変わる」

彼が上着の内ポケットから、パスポートを三冊出した。宅配されるこれを受け取るがために、午前中まで大阪を離れられなかったのだという。

「後払い、一時預かり、宅配サービス。どれも特別待遇だとさ」

顔写真のページを草は見せられた。肩を引き、老眼の目を凝らす。顔写真は彼らだったが、氏名はまったく違っている。二人は夫婦、ぼくはその子供なんだ、とジュンが枯れた身体に腕をまわしたまま言った。

「そんな……」

「別に何だっていいよ。そんなの」

心底どうでもよさそうに、ジュンが肩をすぼめる。草は彼らのこれまでを考え、そうかもしれないと思い、口元に笑みを作った。

「大阪へ戻って、明日出国する」

言った男の顔を不思議に思う。

誰なのだろう、と。

おかしなことだ。先に逝った我が子でも、未来のジュンであっても、ひょっとしたら自分自身であってもいいように感じる。

彼の右手が差し出された。草はその手をしっかりと両手で握った。血の通った、生身の人間のあたたかさが、そこに確かにあった。直前に目元を拭ったものだから、草の指は濡れていた。涙は甘く、苦かった。すましたその顔を引っぱたいてやりたいような安堵、目に見えないものへの感謝、記憶の中にある少年の射るような眼差しで胸がいっぱいだった。

「あ……」

見上げた大空は、薄雲の広がる東の方まで、驚くほど鮮やかな薄紅色に変わっていた。風はなく、鳥もいない。何の音もしない。地球が止まって見えた。まるで一旦静止して、軸を微調整し、あらためて自転を始めるかのように。

みんなで空を見上げ、しばらく見入る。

やがて、彼らはセダンに乗り込んだ。車は羽衣坂を下ってゆく。対向車が過ぎ去るのを待って、草はそっと手を振った。車は道なりに曲がり、すぐに見えなくなった。

草は紅雲町の屋根の海に目をやり、首に掛けた紐をたぐって携帯電話を懐から取り出した。やっかいな男の東京事務所へ電話をし、頼んだ件を取り消す。第一秘書は、まだ伝えていなかったと安堵した様子だった。

西に日は落ちたのに、目に映る何もかもが美しい薔薇色に染まっている。

文春文庫

定価はカバーに表示してあります

薔薇色(ばらいろ)に染(そ)まる頃(ころ)

紅雲町珈琲屋(こううんちょうコーヒーや)こよみ

2023年9月10日　第1刷

著　者　吉永南央(よしながなお)
発行者　大沼貴之
発行所　株式会社 文藝春秋

東京都千代田区紀尾井町 3-23　〒 102-8008
TEL　03・3265・1211㈹
文藝春秋ホームページ　http://www.bunshun.co.jp

落丁、乱丁本は、お手数ですが小社製作部宛お送り下さい。送料小社負担でお取替致します。

印刷・萩原印刷　製本・加藤製本

Printed in Japan
ISBN978-4-16-792094-4